一華後宮料理帖

第三品

三川みり

20237

角川ビーンズ文庫

目次

一華後宮料理帖　人物紹介
周《しゅう》 朱西《しゅせい》
崑国の食学博士。研究熱心で真面目だが恋愛に疎く、「恋知らずの博士」と呼ばれている。
珠《たま》ちゃん
理美が厨房で拾った胴長の生き物。理美に懐いている。
雪《せつ》 理美《りみ》
和国で「美味宮《うましのみや》」という神職に就いていた皇女。好奇心旺盛な性格。
後宮の四夫人《しふじん》
・宋《そう》 貴妃《きひ》…まだ年若いが、気位が高い。
・余《よ》 淑妃《しゅくひ》…幼く無邪気。理美のことを慕う。
・鳳《ほう》 徳妃《とくひ》…高貴で非の打ち所のない美人。
・温《おん》 賢妃《けんひ》…控えめで慎ましやかな性格。

秦《しん》 丈鉄《じょうてつ》
祥飛の護衛を務める武官。
蔡《さい》 伯礼《はくれい》
妖艶な美貌を持つ宦官。
祥飛の側近くに仕える。
龍《りゅう》 祥飛《しょうひ》
大帝国崑国の若き皇帝。
冷酷無情。

本文イラスト／凪かすみ

かっとしたのは恥《は》ずかしさからだった。

（まずい態度だった。だが……我慢《がまん》ならぬ！）

早足に居室へ向かう崑国《こんこく》五代皇帝　龍祥飛《こうていりゅうしょうひ》は、歯を食いしばる。その数歩後ろを、護衛の勅《ちょく》任《にん》武官秦丈鉄《しんじょうてつ》がついて来る。

合議の間に残して来た宰相《さいしょう》の周考仁《しゅうこうじん》をはじめ、戸部尚書《こぶしょうしょ》と礼部《れいぶ》尚書は、きっと呆《あき》れ顔のはず。三人で顔を見合わせ、「陛下には困ったものだ」と嘆《なげ》いているだろう。

「陛下。今からでも合議の間に戻《もど》りませんか？」

あやすような丈鉄の声が背に当たるが、「うるさい！」と一喝《いっかつ》し歩を進めた。

足音荒《あら》く居室に入ると、内侍《ないじ》の蔡伯礼《さいはくれい》がいた。彼は四夫人《しふじん》からの挨拶《あいさつ》の文《ふみ》を持参したらしく、それを文机《ふづくえ》に置いて立ち去ろうとしていたようだ。不機嫌《ふきげん》の塊《かたまり》みたいな祥飛に目を丸くするも、すぐにいつもの美しく魅惑《みわく》的な微笑《びしょう》をたたえて礼をとり、わざとらしく言う。

「これは陛下。本日もご機嫌うるわしく」

「うるわしくなどない！」

吐《は》き捨てると長椅子《ながいす》に座り、肘掛《ひじか》けに頬杖《ほおづえ》をついた。

（わかっている。西沙国《さいさこく》が……いや。西沙国のみならず、周考仁も官吏《かんり》どもも、余があまりに

も若いと内心馬鹿《ばか》にしている。経験が足りぬと。思慮《しりよ》が足りぬと)

遅《おく》れて入室した丈鉄と、伯礼は視線を交《か》わす。それでなにかを悟《さと》ったようで、伯礼は微笑《ほほえ》みを崩《くず》さず長椅子の傍《かたわ》らに来て膝《ひざ》をつく。

「お茶をお持ちしましょうか?」

「いらぬ」

「温めたお酒を?」

「いらぬ」

「では誰《だれ》かを呼びますか?」

「誰も……!」

拒絶《きょぜつ》しかけたが、ふと脳裏《のうり》に浮《う》かんだのは気の抜《ぬ》けたような女官《にょかん》の笑顔《えがお》。見透《みす》かしたように、伯礼が囁《ささや》く。

「理美《りみ》を呼びましょうか? 彼女に、なにか口当たりの良いものでも作らせましょう」

「あれは今、食学堂《しきがくどう》で朱西《しゅせい》と共に研究中だ。無闇《むやみ》に呼びつけるわけにはいかぬ」

祥飛の我が儘《まま》で彼女の楽しみを奪《うば》ってしまったら、嫌《きら》われるかもしれない。彼女にまで堪《こら》え性《しょう》のない我が儘な若者と思われたくはない。けれど、

(顔が見たい)

それが素直《すなお》な思いだった。この惨《みじ》めな気分も、彼女の顔を見れば良くなるかもしれない。

伯礼が目を細める。

「陛下。一つご提案ですが。毎夜、理美との時間を過ごしてみませんか？　理美は喜んで陛下との時間を持ちます」

「食い物のことしか頭にない惚《とぼ》けた女が、喜んで余のところへ来るだと？」

自信ありげに伯礼は頷《うなず》く。

「ええ。きっと」

窓辺に控《ひか》えた丈鉄が外へと視線をはずす。その口元に微苦笑《びくしょう》がある。

「内侍殿《どの》は顔に似合わず、せっかちだな」

誰にも聞こえない細い声で呟《つぶや》いたそのとき、先触《さきぶ》れの侍官が室の出入り口に現れ跪《ひざまず》いた。

「失礼いたします。宰相、周考仁様がおみえですが」

全員の視線が出入り口へ向かうと、そこに、すらりと周考仁が姿を現した。視線を受け、周考仁は薄《うす》く微笑む。

「お邪魔《じゃま》いたします陛下」

一章◆若き皇帝の悩み

一

寒さのため指先の感覚は鈍《にぶ》い。それでもこれだけはきちんと終わらせようと、雪《せっ》理美は薄く輪切りにした果物を笊《ざる》に並べていた。隣《となり》で同様の作業をしていた食学博士《しきがくはかせ》の周朱西は、自分の分が終わったらしい。

「それをこちらへ、理美。残りは俺がやります」

白い息を吐きながら、輪切りの果物が入った鉢《はち》を理美の手から受け取ろうとした。

理美は笑顔で首を横に振《ふ》る。

「大丈夫《だいじょうぶ》です。もう終わりますから」

朱西は躊躇《ためら》う素振《そぶ》りをしたが、「それではお願いします」と言って、果物を並べた笊を日向《ひなた》へと移動させる。

崑暦《こんれき》百十二年冬。

天気も良く、風もない。礼部の建物群の中にある八角形の食学堂の屋根も、やわらかな日射《ひざ》しをうけている。それでも湿気《しっけ》の少ない大陸の冬の空気は肌《はだ》を切るほどに冷たく、遠慮《えんりょ》がちな日光では容易に暖まってくれないらしい。足元を吹《ふ》き抜ける冷気は、綿入れの衣《ころも》を羽織っていても首筋や足首から入りこみ体は冷えていく。

全《すべ》ての作業が終わると、理美と朱西は急いで食学堂へと戻った。

「ああ〜、寒かった」

三つの火鉢《ひばち》が置かれた食学堂内は、心地《ここち》よく暖まっている。体の芯《しん》から冷え切っていたので、火鉢に手をかざすと、急激な温度変化のために震《ふる》えがきた。

堂内の梁《はり》で丸まっていた銀毛の愛らしい生き物——珠《たま》ちゃんは、梁から飛び下りて理美の肩《かた》に乗ると彼女の冷えた首にふわりと巻きついた。ふわふわした体で温めてくれるらしい。労《いたわ》りに「ありがとう」と感謝して背を撫《な》でる。

珠ちゃんの銀毛の頭には、耳の間に小さな突起《とっき》が二つ。手指には小鳥のような細い五本爪《づめ》があり、右の爪に巻きこむように小さな宝珠《ほうじゅ》を握《にぎ》っている。この生き物が崑国皇帝《こうてい》が代々引き継《つ》ぐ、最も格の高い神獣五龍《しんじゅうごりゅう》であった。しかし、ちょっと珍《めずら》しい愛玩《あいがん》動物にしか見えない。

「手伝わせてすみませんでした、理美」

火鉢にかけてあった鉄瓶《てつびん》から茶器に湯を注ぎ、朱西は手早く茶を淹《い》れた。それを理美の手に渡《わた》そうと差しだす。

「わたしは朱西様の助手ですから、当然です」

茶器を受け取るとき互《たが》いの指が触《ふ》れる。彼の冷たい指の感触《かんしょく》にどきりとするが、彼は無表情のまま己《おのれ》の手を引く。背を向けると文机の上の書類を手にした。

壁面《へきめん》が圖書《ずしょ》で囲まれた食学堂内は、しんと静かになる。

冷えた指を茶で温めながらゆっくりと飲み干し、理美は首を傾《かし》げる。

(明来告地《めいらいこくち》のあとから、朱西様は言葉数が少ないような……)

思い過ごしかとも思うが、どことなく朱西の態度がよそよそしい。

つい一ヶ月程《ほど》前、明来告地と呼ばれる皇帝と四夫人が執《と》り行う儀式《ぎしき》が終わった。四夫人が儀式に臨《のぞ》むにあたり、理美と朱西は四夫人のために食事を整える役目を仰《おお》せつかり、共に時間を過ごした。あのときは朱西が身近にあって、互いに打ちとけていたと思う。にもかかわらず明来告地の儀式が終わり、いつもの仕事に戻った途端《とたん》に、なぜか朱西は以前よりも理美と距離《きょり》をとりたがっているような気がしてしまう。

しかし理美はめげずに、朱西の背中に問いかける。

「今、薄切《うすぎ》りにして干したのは佳生《かお》の実ですよね？　あれをどうするんですか？」

彼は背を向けたまま答える。

「生のままだと冬を越《こ》せませんから、干して保存します。陛下が必要なときに使えるように」

こちらを見ようともしない、素っ気ない返事。近頃《ちかごろ》、彼の受け答えはだいたいこんな感じだ。しかも極力、理美に背を向けようとしている。

寒かろうと気遣《きづか》ってくれたり、茶を淹れてくれたりはするので、そのあたりは相変わらず優《やさ》しい朱西だ。しかしどうも会話だけが弾《はず》まない。

(弾む会話……弾む会話……。朱西様が興味があるのは陛下のことと食学のことだから、陛下と食学……陛下と食学)

そこで名案が浮かび、ぱっと笑顔になった。

「朱西様！　今夜あたり陛下のお夜食に、さっき干していた佳生を一服盛るのはどうでしょうか！　干した佳生の効能に変化がないか試《ため》すために！」

朱西の背が強《こわ》ばり、手からばさばさっと紙束が滑《すべ》り落ちる。ふり返った彼は青ざめていた。

「あなたは佳生の効能を覚えてますか!?」

ふり返らせることには成功したが、同時になぜか慌《あわ》てさせたらしい。

「はい。しっかり。確か、むらむらするとか」

「そんなものを陛下にさしあげたら、どうなると!?」

「それは当然陛下が、むらむらと」

きょとんとして答える理美を見て、朱西は項垂《うなだ》れる。後ろ手に文机《ふづくえ》の端《はし》を摑《つか》んで体を支えているが、もし文机がなければそこにへなへなと座りこみそうな気配がした。

「自分には関係ないと思ってるんですね、理美は……」

「関係はあります。佳生の効能がどれほどか調べるために、朱西様と一緒《いっしょ》に陛下のご様子を観察して、徐々《じょじょ》にさしあげる分量の調整をしないと」

「関係違《ちが》いです」

再び朱西が背を向けた。

「……あの……どのように違いましたか？」

「全般的《ぜんぱん》に。ついでに言うと、一服盛るのは毒をつかう時の表現ですから、この場合は『陛下にさしあげる』と仰《おつしや》い。盛るだ盛らないだのと言っているのを聞かれたら、吏部《りぶ》の者が飛んできます。しかも聞いていると、陛下を実験台にしたがっている気もします」

「すみません。気をつけます。それにしても朱西様。ずっと訊《き》きたかったんですが、近頃なんでお背中ばかり、わたしの方に向けているんですか？」

「大切なことには気がつかないのに、なんでそんなことばかり気がつくんですか、あなたは」

がくりと朱西が肩を落とすので、理美は一層わけがわからず、頭の中を疑問符《ぎもんふ》が飛び交《か》う。

（朱西様はやっぱりご病気？　わたしには感染《かんせん》しないと仰っていたけれど、なにか病だと。けれど死ぬことはないって）

明来告地の十日程前に、確か朱西はそんなことを言っていたのだ。自らは病に違いないと。

（それってなんだろう。若禿《わかはげ》とか？　いやいや、禿は病じゃないし。でも本人にしてみたらこの若さで禿《は》げたら、ただの禿を病あつかいするほどお悩みになるのかも。いつもわたしにお背中を向けているということは、前頭部に禿の兆候が？）

理美は火鉢の側《そば》を離《はな》れると、するするっと朱西の背後に近づく。そっと背伸《せの》びして彼の頭部を確かめようとした。気配に気がついた朱西がぱっとふり向き、勢い、顔と顔がぶつかりそうになった。朱西はわっと声をあげ赤くなる。

朱西の頭部に禿を確認《かくにん》したわけではなかったが、理美は咄嗟《とっさ》に、力強く訴《うった》えた。

「朱西様！　禿は病ではありません！　禿でもつるっ禿でも、わたしは気になりません！」

珠ちゃんが「ほんとに禿が？」と確認するように、理美の肩の上から伸び上がり青いくりくりした目を好奇心《こうきしん》で輝《かがや》かせ、朱西の頭を覗《のぞ》きこもうとする。

「いったい、なんのことですか⁉」

たまりかねたように朱西が喚《わめ》き返したそのとき、「あの」と遠慮がちな声がして堂の出入り口の扉《とびら》が開く。まだ子供のように若い侍官が、恐《おそ》る恐る顔を覗かせていた。

朱西は姿勢を立て直し、表情を取り繕《つくろ》い出入り口をふり返る。「なにか御用《ごよう》でしょうか」と澄《す》ました食学博士の声で応じた。

「食学博士と雪宝林《ほうりん》を、陛下がお召《め》しです」

侍官が告げると朱西は一瞬訝《いっしゅんいぶか》しげな顔をしたが、すぐに「わかりました。すぐに参ります」と頷《うなず》く。侍官が去ると、理美も不思議に思って朱西に問う。

「今朝、いつものように珠ちゃんをご覧にいれたのに。またお召しになるのは、なんの御用でしょうか」

毎朝理美は朱西とともに祥飛の室におもむき、珠ちゃんの姿を見せてから食学堂《しきがくどう》へ来る。近頃、珠ちゃんは祥飛の前に出ても裳《も》の中に潜《もぐ》りこまないので、毎日坦々《たんたん》と穏《おだ》やかに朝の面会は終了《しゅうりょう》している。今朝も問題なかった。

「さあ。しかしお召しとあれば、行かねばなりませんね」

朱西も不思議そうだったが、ともあれ二人は皇帝の私室へと向かう。

◆

(近頃、陛下にお目にかかると後ろめたい気持ちになる。特に理美が一緒にいると……)

崑国一の博士と誉《ほま》れ高い食学博士周朱西は、難題に直面してほとほと困り果てていた。

幼い頃《ころ》から、どんな難問奇問《きもん》にも嬉々《きき》として取り組み、たいていのものならば解決してきた自負がある。しかし、今の自分のていたらくはどうだ。幼い頃から積み上げてきた自負が、根こそぎ崩《くず》れそうだ。

自分の心を制御《せいぎょ》できていない。そう自覚していても解決方法がわからない。

(情けないことだ。自らの心を操《あやつ》る方法すら見つけられないとは)

歩きにくそうに、ひょこひょこと隣《となり》を歩く理美をちらりと見て、朱西は密《ひそ》かに嘆息《たんそく》する。

「うぅ……歩きづらい……」

理美の裳の中には五龍が隠《かく》れている。彼女の足にしがみついているために歩きづらいのだ。不細工ではないが、けして美姫《びき》とは呼べない、ごく普通《ふつう》に愛らしいだけのこの少女を、朱西は一ヶ月前この世の誰《だれ》よりも可愛《かわい》いと思ってしまった。その感情は自覚した直後から日々強くなる。一度だけ、彼女を抱きしめてしまったことも良くなかったのだろう。両腕《りょううで》の中におさまる華奢《きゃしゃ》な体の感触を思い出《だ》すと、胸が異様なほどにざわめく。

それなのに理美は朱西の思いなどまったく察することもなく、変わらず無邪気《むじゃき》に「朱西様、朱西様」と彼を慕《した》って擦《す》り寄ってくる。それがさらに困る。

理美が朱西を慕うのは恋心《こいごころ》ではないはず。常に居場所を欲しがっている彼女は、食学博士の助手という居場所を与《あた》えられたことが嬉《うれ》しくて、役に立とうと子犬みたいに無邪気にくっついてくるだけなのだ。

(理美が後宮女官《にょかん》でなければ……いや、女官であれど、陛下が特別な感情を抱《いだ》く相手でさえなければ、俺はどうしただろうか……)

やくたいもない考えが頭の中を巡《めぐ》る。

(しかし現実は変わらない。なにがあっても俺は、理美にも陛下にも気持ちを悟《さと》られてはならない。陛下が理美に特別な興味を抱くことは世継《よつ》ぎ誕生への足がかり。喜ぶべきこと。だから俺は殺さねばならない、この面倒《めんどう》な感情を)

わかっているのに、自分の中の思いを殺しきれずにいる。だから苦しい。祥飛の前に出ると、心の中で祥飛を裏切っているような気さえするのだ。

取り次ぎの侍官に来訪を告げ、皇帝の居室に案内された。理美と二人で礼をとり顔をあげたとき、室内に予想外の人物の姿を認めて息を呑《の》む。

「父上」

窓辺にはいつものように丈鉄が控《ひか》え、奥の衝立《ついたて》の陰《かげ》には伯礼の姿もある。そして室の中央の卓子《たくし》に祥飛と向き合って席に着いているのは、崑国宰相周考仁だった。

◆

朱西が父上と呼んだことで、そこにいる見慣れない官吏《かんり》の正体がわかった。

(このお方が朱西様の父君。崑国宰相。周考仁様)

黒の深衣を身に纏《まと》う細面《ほそおもて》。薄《うす》く微笑《ほほえ》んではいるが、切れ長の目に怜悧《れいり》な輝きが潜《ひそ》み油断ならない。深衣の襟《えり》と袖《そで》には、朱色《しゅいろ》の糸で細かく刺繍《ししゅう》が施《ほどこ》されていた。朱色は闇《やみ》の中でちらちらと燃え残る熾火《おきび》のような印象で、彼の底知れなさを連想させる。

(……どこか……恐《こわ》い)

切れ者という噂《うわさ》を聞いていたからだけでなく、目の前にいる男の気配に本能がたじろぐ。

理美が珠ちゃん――五龍の守護者になったことは、考仁にも知らされているはずだった。普通ならば、「これが守護者の小娘《こむすめ》か」くらいに興味を示したり、あるいは侮《あなど》ったりするものだ。

しかし理美を見つめる考仁の目には、初対面の人間に対する好奇心も、ましてや侮りもない。物事を冷静に確認する淡々《たんたん》とした目。それがかえって恐いのだ。

「陛下がお召しと聞いて参りましたが」

戸惑《とまど》う朱西に、祥飛が入れと促《うなが》す。

「余がそなたたちを呼んだ、間違《まちが》いない」

朱西に従い理美も室に入り、視線を床《ゆか》に落として控える。

「俺と理美に、なんの御用でしょうか陛下」

「おまえには大切な話があるが、まずは理美だ。余から伝えてもよいが内侍に頼《たの》む。これは伯礼から推薦《すいせん》あってのことだ」

宰相が同席しているため秩序《ちつじょ》を重んじたのだろう。祥飛は衝立の陰にいる伯礼に目配せした。

伯礼が数歩前に出て、「理美」と優《やさ》しく呼ぶ。

「喜びなさい。君には陛下から、陛下のお夜食を整えるお役目を授《さず》かったよ」

夜食というと、毎夜朱西が食学的な見地から整えている祥飛の食事のことだ。

「本当ですか!?　それを伯礼様が推薦して下さったんですか！」

目の前にいる考仁の怖《こわ》さも忘れ、理美は飛びあがった。

食学博士助手のお役目を賜《たまわ》ってはいたが、皇帝の食事を整える役目だけは手伝えなかった。

皇帝の口に入るものを作るのだから、信頼《しんらい》されなければ手を出すことすらできない。

朱西とともにその役目を任されるのは名誉《めいよ》なこと。

しかしそれ以上に嬉しいのは、姉斎宮《さいぐう》に仕えていたときと同じように、毎日誰かに、おいしいと笑ってもらうために腕《うで》をふるえることだ。

朱西が微笑む。

「良かったですね。あなたの働きを伯礼も陛下もお認めくださったということです」

「朱西様のお役に立てるようにお手伝いします」

朱西と視線を交《か》わし、喜びに有頂天《うちょうてん》になりかけたそのとき、

「いや、朱西の手伝いはしなくていい。あなた一人が、陛下のお夜食を整えるのだ。雪宝林」

静かな声が告げた。周考仁だった。

「え?」

理美と朱西は考仁をふり返った。

「どういう意味ですか、父上」

「朱西。おまえはしばらく食学研究を中断せよ。むろん陛下のお夜食の準備もする必要はない。雪宝林に任せろ。そのかわりにおまえは、陛下のご相談役として侍中《じちゅう》の役割に専念するのだ」

周考仁の言葉に朱西の顔が強《こわ》ばった。

二

「今、我が国が西沙国との国交樹立を目指しているのは、おまえも知っているな？」

周考仁の問いに朱西は頷《うなず》く。

（西沙国って、あの香辛料《こうしんりょう》の国という）

理美も耳にしたことはある。崑国では西沙国と呼ばれているが、本来の国名は「サイシャ」と発音するらしい。使う文字も衣服も生活様式も、ひいては肌《はだ》の色さえも、崑国や和国《わこく》とも違《ちが》うという。理美は西沙国人を見たことすらない。

しかし話にだけはよく聞く。西沙国は大陸の西方に位置し、崑国ほどの領土はもたないが、肥沃《ひよく》な大地に根を張る数百年続く王朝が支配する帝国である。珍《めずら》しい香辛料が多種多様に採取され、彼方《かなた》の北方大陸の国々までもが香辛料を欲《ほっ》して国交を求める。

にもかかわらず西沙国はここ百年ばかり、外交に極端《きょくたん》に消極的。

国交を樹立しているのは、南方の小国三国のみ。その三国を通して香辛料は他国へばらまかれるため、小三国はそれだけでかなり潤《うるお》っていると聞く。

もし崑国が西沙国と国交を樹立し香辛料の流通が盛んになれば、崑国経済がどれほど潤うか。西沙国との国交樹立は、初代皇帝の時代からの悲願であるらしい。

「実は、西沙国から崑国へ使節を送るという話が出ている。しかしその使節を迎《むか》え入れるか否《いな》か、陛下のご決断を頂かねばならぬ」

考仁が告げると、朱西が訝《いぶか》しげな顔をする。

「なぜ突然《とつぜん》、使節が派遣《はけん》されるという話になっているのですか？」

「余が譲歩《じょうほ》したのだ！　にもかかわらず西沙国皇帝《こうてい》は余の譲歩に無礼きわまる回答を寄こした」

祥飛は苛立《いらだ》たしげに肘掛《ひじか》けを拳《こぶし》で叩《たた》くと、それ以上口を開くのも嫌《いや》だというように黙《だま》りこむ。

そこで考仁がその先を説明する形で口を開く。

「陛下は西沙国へ親書を送られたのだ」

西沙国との国交樹立は崑国の悲願。しかしなんら進展を見ない交渉《こうしょう》に新たな一手が必要と、官吏たちは祥飛に泣きついたらしい。

『官吏同士の話し合いでは埒《らち》があきません』『ここは皇帝同士のお話し合いが不可欠です』『どうか西沙国へ親書を遣《つか》わしてください』『西沙国も陛下からの親書があったとなれば、無下に対応できません』と。

崑国側から親書を送るということは、こちらが下手に出るということだ。

誇《ほこ》り高い崑国皇帝として、祥飛は他国にへりくだることを拒《こば》んできた。しかし官吏たちにすがられ、崑国建国以来の悲願と説得され、嫌々ながら譲歩したらしい。彼は西沙国の皇帝におもねるように、「あなたを崑国にご招待したい。ともに語り合いましょう」としたためた親書を送ったのだ。

しかし先方の西沙国の皇帝はすげない返事を寄こした。西沙国から届けられた親書に曰《いわ》く。

「皇帝である余は西沙国から出られません。ついては余の代理に使節を派遣いたしましょう」

要するに、おまえの話し相手は皇帝自身ではなく、代理の使節で充分《じゅうぶん》であると。

そのような返事がもたらされたとの報告に、祥飛は怒り狂《いかくる》った。しかしその場にいた周考仁も戸部尚書《こぶしょうしょ》も礼部《れいぶ》尚書も、使節を丁重《ていちょう》に受け入れるべきと主張したのだ。

祥飛は怒りのあまり、使節を迎え入れるのか拒否《きょひ》するのか決定しないまま席を立って合議の間を出てしまったのだ。

「まずは使節を迎え入れるか否か、陛下にご決断頂かなくてはならない。そして迎え入れるのならば、どのような形で迎え入れるか。また迎え入れないのであれば、今後西沙国への対応をどうするのか。問題は山のようにある。陛下にはご相談役が必要だ」

「しかし俺は政治に疎《うと》い。陛下のお役に立てるとは思えません。父上がいかに俺を推《お》そうと」

「わたしが推挙したのではない。陛下のお望みだ」

「陛下が？」

朱西の驚《おどろ》く顔を、祥飛はむくれたように見返した。

「おまえは嫌か、朱西」

「嫌というわけではありません。ただ俺が、政治のことで陛下のお役に立てるのかと」

「おまえがどう思っていようと、余はおまえに相談したいのだ」

暗に告げられたのは、宰相やその他官吏たちには相談したくないということだ。そのことに朱西は心配そうに眉《まゆ》をひそめ、押し黙る。

「別におまえから食学博士《しきがくはかせ》の任を取りあげようとは思わぬ。だが、西沙国の件にかたがつくまで、余の側《そば》にいろと言っている」

(陛下。なんだか苦しそう)

一見、いつものようにふんぞり返って座っているのだが、祥飛の表情はどこか苦しげで同時に寂《さみ》しげなのだ。周囲には助けてくれる人がおらず、ひとりぼっちで強がっている子供のような気配だ。

長年祥飛に仕えている朱西がそれを察しないわけはない。しかし政治に関《かか》わりたくない朱西にとっては、食学研究を中断して祥飛の相談役になるのは、二つ返事で受け入れられることでもないはず。だが――。

「わかりました」

小さな溜息《ためいき》とともに朱西は頷く。

(やっぱり……承諾《しょうだく》された)

何よりも祥飛のことを気にかけている朱西が、祥飛の様子を見て放《ほう》っておけるはずはないのだ。優しい朱西だからこそ、一層心配で、断ることなどできないだろう。

(じゃあわたしは毎日、食学堂には一人でいなきゃいけない？　陛下のお夜食は、わたし一人で整えなければいけない？)

そのことを寂しいと思ってしまう自分を発見し、どれほど自分が朱西と一緒《いっしょ》にいるのを楽しんでいるのかわかった気がした。寂しい気持ちが顔に出たらしい。

「理美。余が朱西を側に置いて良いか？」

と祥飛が問う。すこし臆病《おくびょう》そうな声に驚き、理美は目を丸くした。

祥飛は、理美が寂しかろうと気遣《きづか》っている。

こんなに素直《すなお》に問われたら否やは言えない。きっと朱西も、祥飛が口にした「おまえに相談したい」という素直な言葉に逆らえなかったのだ。

(朱西様は陛下の忠実な臣下。そして陛下は四夫人《しふじん》にも女ながら自らを支える臣下たれと仰《おっしゃ》った。ならばわたしも後宮女官《にょかん》として、陛下を支える臣下には違いない)

今は、朱西と一緒にいられなくて寂しいと、弱い心の声を聞くべきではない。崑国に居場所を求め、曲がりなりにも居場所を見つけようとしているのだから、自分の立つべき場所に相応《ふさわ》しい行動をするべきだ。

「朱西様は崑国一の博士でいらっしゃいます。陛下のお側においでになれば、きっと陛下の手助けになって下さいます」

同時に心の中で、自らをも鼓舞《こぶ》する。

（朱西様が食学を離《はな》れる間、わたしが食学研究の続きを進めればいい。お夜食も、朱西様の知識を借りながら、陛下のためになるお食事を整えよう。そうすれば朱西様は心配なさらずに、陛下のご相談役を務められる。朱西様のためにも、お役目をまっとうするべき）

寂しい気持ちは誤魔化《ごまか》せないし消えはしないが、自分の務めは果たさなければならない。

理美の答えに祥飛は安堵《あんど》の表情になるが、朱西は寂しげに視線をそらした。

安心したような気配の祥飛に、考仁はすかさず釘《くぎ》を刺《さ》す。

「陛下。まずは早急《さっきゅう》に、西沙国の使節を受け入れるか否かご決断下さい。西沙国の使者を長々と待たせるわけには参りません。崑国皇帝は決断力がないと思われてしまいます」

嫌みを含《ふく》む言葉に、祥飛はかっとしたらしい。

「わかっている！　おまえはもうよい、さがれ！」

と怒鳴《どな》るが、対する考仁は余裕《よゆう》の笑《え》みで立ちあがる。

「では朱西はご相談役としてつくすのだ。陛下。これにて、さがらせていただきます」

考仁とともに伯礼も退室し、丈鉄もなにげなく室を出た。

◆

「悪い奴《やつ》だ」

皇帝の私室を辞し、後宮へと帰るために回廊《かいろう》を歩いていた伯礼の背中に、笑いを含んだ丈鉄の声が当たる。足を止めると、背中に体温を感じるほど近くに丈鉄の気配があった。

丈鉄はどういった技《わざ》をつかうのか、体温や呼吸を肌で感じる直前まで気配を気取られずに人の背後に立つ。伯礼はふり返らずに答える。

「異な事を仰いますね。わたしがなにか、悪いことをしました？」

「力業《ちからわざ》で、理美を陛下に近づけようとしているだろう。結局、朱西からも遠ざけた」

「理美が陛下の近くに侍《はべ》るよう、お夜食の準備を彼女に手伝わせ給仕《きゅうじ》をさせれば良いと提案したのは、わたしです。ですが朱西から遠ざけようとはしませんでしたよ。朱西を相談役にしたいと仰ったのは、陛下ご自身です」

「陛下が官吏《かんり》との話し合いの席から出てきたのを見て、朱西に頼《たよ》るのを見越《みこ》していただろう。あの調子じゃあ、陛下は官吏どもと口もききたくないと思っていそうだったしな。そうなれば陛下が頼るのは朱西しかいない」

伯礼が「さあ」としらばっくれると、丈鉄は喉《のど》の奥で笑い「綺麗《きれい》な顔をしてたいした狐《きつね》だ」と呟《つぶや》く。伯礼はふり返り、笑う丈鉄を見つめる。

「それよりも周宰相です。なぜ内侍《ないじ》のわたしが差し出口をきくのを黙認《もくにん》されたのでしょうね？陛下が朱西に頼るのも認めた。それは全《すべ》てが、周宰相の思惑《おもわく》に適《かな》っているからととれます」

「それがどうしたと？」

「西沙国との一件をさっさと片づけたいのであれば、周宰相自ら陛下を説得し押し切ればいい。その方が早い。しかし朱西が相談役となると、間違《まちが》った方向に行かないまでも、周宰相の思惑通りに進まないことも考えられる。なのにあえて朱西がこの一件に関わることを認めたのは、なにか意図があると思いませんか？」

にやにやして丈鉄は聞いている。

「俺はただの剣《けん》だ。朱西やおまえさんと違って、考えることはしない」

食えないと、伯礼は内心で眉をひそめる。丈鉄はけして祥飛にとって不利なことはしない。しかしながら祥飛に心酔《しんすい》し、祥飛の命令だけを忠実にこなそうとしているのとも違う。丈鉄の背後には、彼を操《あやつ》る者の気配を常に感じるのだ。

「そうですか。にしても、あなたはわたしに下心でもあるんですか？　丈鉄。あなたは、わたしのことも監視《かんし》してるでしょう」

「五龍《ごりゅう》を盗《ぬす》み出すような奴だからな」

「その不安を抱《いだ》いているのであれば、もっと前から監視していてもおかしくないでしょうに。わたしへの監視を強めたのは、つい近頃《ちかごろ》。西沙国との国交交渉《こうしょう》が具体化して以降です」

丈鉄は肩《かた》をすくめた。問い質《ただ》しても、この男が答えるはずはないと伯礼もわかっている。これはただの牽制《けんせい》だ。

「これがあなたの下心であれば、平和ですけれど」

「そんな平和はごめんこうむるな」

「でしょうね」

きびすを返し伯礼は歩き出す。その背中を見送りながら呟いた「鈴《すず》はまだ鳴っていないか」という丈鉄の独り言は、伯礼の耳には届かなかった。

後宮に帰り着いた伯礼は内侍の一人から、「伊《い》内侍監《かん》の室へ来るように」と伝えられた。

四夫人と対立して以来、とんと大人しくなった内侍監伊文亮《ぶんりょう》の執務《しつむ》室に呼ばれるのは、ほぼ一月《ひとつき》ぶりのことだった。

(西沙国との国交交渉を機に不穏《ふおん》な動きがあるのか？　さもありなん。西沙国との交易で得られる利益は莫大《ばくだい》だ)

丈鉄が監視する対象を増やしている事実について考えを巡《めぐ》らしながら、煙草《たばこ》の煙《けむり》と薬草臭《くさ》さが籠《こ》もる室内に踏《ふ》みこむ。室の最奥《さいおう》の長椅子《ながいす》に怠惰《たいだ》に身を預ける伊文亮に、伯礼は礼をとる。

「お召《め》しにより伯礼参上しました。いかがなさいましたか」

文亮は長椅子の上から一通の手紙らしきものをとりあげ、差しだす。

「この場で読み、蠟燭《ろうそく》の火でこの場で焼き捨てよ」

「どなたからの」

「良いから取るのだ」

促《うなが》されるままに手に取り、訝《いぶか》しみながら手紙を開いた。それは伯礼を呼び出す手紙だったが、手紙の差出人の名を確認《かくにん》して目を見開く。

「なぜ……このような……」

口をついて出た言葉と驚《おどろ》きの表情に、伊文亮は面白《おもしろ》そうに顔を歪《ゆが》めて笑った。伯礼がいつもの微笑《びしょう》を崩《くず》したことに、ことのほか満足したようだった。

◆

朱西は不安そうに理美を見つめている。

「あなた一人で大丈夫《だいじょうぶ》ですか？」

「大丈夫です、おそらく。そこそこ、なんとなく」

「最後についた三つの副詞が、とてつもなく不安ですが」

朱西が祥飛の相談役として一時食学《しきがく》研究から離れると決まった直後、理美は朱西とともに食学堂に帰り、彼が不在の間に研究をどう進めれば良いのか説明を受けた。

研究は一朝一夕《いっちょういっせき》でどうにかなるものでもないので、たいした心配はない。

問題は祥飛に饗《きょう》する夜食。

朱西は毎夜祥飛の夜食を準備するために、皇帝《こうてい》の生活の場である昇龍殿《しょうりゅうでん》の北側に位置する厨《ちゅう》房《ぼう》を利用する。そこは皇帝の食事を整えるための厨房であり、宮廷《きゅうてい》料理人の長《おさ》である饗応長《きょうおうちょう》が、常に詰《つ》めている場所である。

饗応長の許しと協力の下《もと》に夜食を整え、朱西は食学的な夜食を饗しているのだ。

昇龍殿の北側から一直線に屋根つきの歩廊《ほろう》がのびている。昇龍殿の北門を突《つ》き抜《ぬ》ける形で造られた歩廊は配膳《はいぜん》や下働きの通路として使われるだけなので、柱の装飾《そうしょく》は顔料で彩色《さいしき》しただけの簡素なもの。途中《とちゅう》には門扉《もんぴ》があり衛士《えじ》が立つ。門扉を抜けるとその先にまた歩廊が現れ、厨房へと繋《つな》がっていた。

「今夜、俺が陛下のために準備した食材は、劇的に疲労《ひろう》回復する青茸《あおだけ》です。今日は官吏と長時間の合議があると聞いていたので。今夜はそれを使って夜食を作ってください」

「青茸……。あの激臭茸《げきしゅうきのこ》ですね……」

以前一度、朱西に青茸をふるまってもらったことがある。この世のものとは思えないまずさだった。

珠ちゃんは日が傾《かたむ》くと自主的に後宮に帰ってしまった。そして朱西は理美を厨房に案内したあと、祥飛の室へと戻《もど》る予定だ。

珠ちゃんも朱西もいなくなり、理美は一人で見知らぬ厨房に立つことになるらしい。

歩廊の先にある、朱塗《しゅぬ》りの丸柱が並ぶ建物が厨房だった。理美が住まう小翼宮《しょうよくきゅう》と同程度の規模。造りも端正《たんせい》で外観は厨房とは思えないが、戸を開き一歩中に入ると、壁《かべ》沿いに竈《かまど》が並び、井戸《いど》があり水場がある。奥には石室《いしむろ》の扉《とびら》。大きな厨房だった。

この厨房の西側に室があり、そこに饗応長が詰めているのだ。

「まず饗応長の楊高晋《ようこうしん》を紹介《しょうかい》しましょう。彼の許しなしに、あの場に立つのは難しいですから」

崑国の外朝には、直接皇帝が抱《かか》える宮廷料理人がいる。日々の皇帝の食を整え、あるいは宴の際に料理を準備する料理人は総勢で二十人ほど。下働きを入れればさらに倍以上になる。饗応長はその宮廷料理人たちをまとめ、皇帝に饗する食事に全責任を持つ。官職も位も与《あた》えられないが、宮廷内になくてはならない存在。

(外朝の食事は、饗応長が取り仕切るんだわ。後宮とは当然、事情が違う)

後宮は宮殿《きゅうでん》ごとに厨房がある。高位妃嬪《ひひん》は自前で料理上手な女を雇《やと》い入れるが、ほとんどの場合は尚食《しょうしょく》管轄《かんかつ》にある下働きが、各宮殿の厨房で寝起《ねお》きする女官《にょかん》たちの食事を作る。そのため下働きたちと懇意《こんい》になれば、理美が厨房を使うのに問題は起こらなかったのだ。

厨房の中に踏みこむと、ひんやりした空気が沈殿《ちんでん》していた。日が傾きかけていたので中は薄《うす》暗《ぐら》い。西側の壁に開いた隣室《りんしつ》へ続く出入り口らしい開口部から、蠟燭の明かりが漏《も》れている。

そこが饗応長の室だ。

「楊高晋。いますか?」

三
「高晋」と呼びかけながら、朱西が明かりの漏れる出入り口に近づこうと一歩踏み出すと、

「博士《はかせ》ですか？」

明かりの中から一人の男が顔を出す。清潔な白の袍《ほう》が、薄闇《うすやみ》のなかでひときわ目立つ。年頃《としごろ》は朱西よりも五つ六つ上に見える。人を使い慣れた者特有の、自信にあふれた強い目が印象的だ。彼が楊高晋だろう。若き親方といった風情《ふぜい》だ。

高晋は笑顔《えがお》を見せ、自慢《じまん》らしく胸を張る。

「いつもよりお早いですね。でもご安心を。預かっていた青茸のあく抜きは終わってます」

「ありがとうございます、高晋。いつも助かります」

「これしき……」

と言いながら、朱西の背後に立つ理美の存在に気がついたらしい。ぎょろりとした大きく吊《つ》った目が理美の姿をとらえ、不審《ふしん》げに眉《まゆ》をひそめる。

「ところで、なんですか博士。この小娘《こむすめ》」

「彼女は後宮女官の雪宝林です。急なことで申し訳ないですが高晋。今夜から俺は夜食の準備ができなくなりました。ただ俺が選んだ食材は、毎夜こちらに届けます」

高晋は「は？」と驚いたような声を出したが、次にはその顔に喜色が浮《う》かぶ。

「では博士の準備した食材を使って、今夜から陛下のお夜食を作るのは俺が!?」

「いいえ。今夜から夜食の準備はこの雪宝林がします」

一瞬《いっしゅん》浮かんだ高晋の喜びが、血の気が引くように消えていく。

「博士は、俺が博士の食材を使うのでは不満か」

「俺も本来だったら、高晋に任せたと思います。けれどこの度《たび》は、陛下のご意向があるんです。こちらの雪宝林が夜食を整え饗せよとの」

「後宮女官が料理なんぞできねぇでしょう」

「彼女はもとは和国の皇女《おうじょ》で、神に捧《ささ》げる食事を作る役目をしていました。この夏も俺と一緒《いっしょ》に、食学的な見地の食事を四夫人《しふじん》に振《ふ》る舞《ま》う仕事に就《つ》いていました。腕《うで》は保証します」

「その腕とやら、どの程度かは知らねぇが……。陛下のご意向ならば仕方がない」

言いつつ高晋は理美を睨《にら》みつけた。その様子に朱西は、心配そうに眉をひそめる。

「俺の時と同様に協力をお願いします。理美、彼は宮廷料理人の長である饗応長楊高晋です。崑国では右に出る者のない料理人です。陛下の夜食の準備も、手伝ってもらっていました。これからはあなたにも、力を貸してくれるはずです」

「夜食を整えるお役目を陛下より仰《おお》せつかりました、雪理美です。よろしくお願いします」

目顔で朱西に促され、理美は慌《あわ》てて挨拶《あいさつ》した。

高晋は、清潔な厨房に野良犬《のらいぬ》が迷いこんできたのを見るような目つきだ。

（わぁ～、……心の底から歓迎《かんげい》されていない感が……。まあ、当然なんだろうけど）

皇帝の食事は饗応長が責任を持って整えるもの。唯一《ゆいいつ》の例外は食学博士の整える夜食だけ。

その例外の夜食の準備を食学博士ができないとなれば、饗応長が代わりに準備するのは当然。

しかしそこに得体のしれない後宮女官が「陛下のご意向」と割り込んでくれば、腹もたつ。

「高晋。雪宝林のことを、お願いできますか？　俺は、また陛下のもとに戻る必要がある」

高晋はまだ野良犬を見る目つきで理美を見ながら、冷えた声で答えた。

「俺がお願いされるようなことはなにもねぇと思いますけどね、博士。なにしろ陛下のご意向でいらした宝林様だ」

高晋の態度に戸惑《とまど》う理美を見かねたのか、朱西は彼女の耳に囁《ささや》いた。

「俺も以前、彼の協力を得るために苦労しました。でも彼は道理のわからない人じゃない」

力づけるように理美の目を見つめてくれる。久しぶりに真っ直《す》ぐ目を見てくれたのが嬉《うれ》しくて力が湧《わ》く。「はい」と頷《うなず》くと、朱西は高晋に再度「お願いします」と告げて出ていった。

朱西が出ていって暫《しばら》く、高晋は理美を睨んでいる。

「あの？　高晋様。わたしの顔になにか」

「高晋でけっこう宝林様。俺は饗応長だが位もない料理人。正六品《しょうろっぴん》の宝林様にしてみれば、虫けらみたいな者だ。ということで俺のことは虫と思っていただいて、おかまいなくご自由に」

それだけ言うと背を見せ、蠟燭《ろうそく》の明かりが揺《ゆ》れる西の室へ戻っていく。

理美は慌てて、高晋の背を追った。

「待って下さい！　わたしはこの厨房は初めてなんです。火種の場所はおろか、器具も食器も、どこにあるのかすら見当がつきません」

饗応長の室へ入った高晋は、壁際《かべぎわ》の文机《ふづくえ》につくと、そこに広げられている帳簿《ちょうぼ》らしき紙束を手にする。室は粗末《そまつ》な石敷《いしじき》の床《ゆか》で足元がひんやりする。大人が五、六人入れば一杯《いっぱい》になるような狭《せま》さ。狭さを助長しているのは、壁に打ちつけられた木の棚《たな》で、壁一面が棚で埋《う》められていた。棚には紙束を紐《ひも》で綴《と》じたものが並ぶ。表紙が見えているその束には、『春季饗応録《しゅんききょうおうろく》』『病身《びょうしん》食《しょく》』『清保手法《せいほしゅほう》』と様々な文字が見える。

（あれは……）

高晋は帳簿に視線を落とす。

「ご自由にと申しましたぜ雪宝林様。まあ、ご自由になさってなにができるか知りませんがね」

高晋は道理のわからない人ではないと、朱西は言った。確かに今回のことは、祥飛の意向で突然《とつぜん》やって来た理美のほうこそ道理をわきまえていない存在なのだ。

高晋の背後に並ぶ紙束は、手製の書き付けを自ら綴じて本にしたもの。題字から察するに、すべて料理に関する覚え書きだ。春に饗した食事の記録、病の時に適した食事、厨房《ちゅうぼう》を清潔に保つ手順。そんなところだろう。それらの本は手垢《てあか》で汚《よご》れ、何度も繰《く》ったらしく端《はし》がめくれあがっている。料理に、食に、熱心に取り組み真摯《しんし》に向き合っている証拠《しょうこ》。

饔応長として料理人たちをまとめ、皇帝《こうてい》の食事を作ることに誇《ほこ》りをもつ人の聖域と言える厨房に、突然後宮女官の小娘が、陛下のご命令と大きな顔をして踏《ふ》みこんできたら、良い気がしないのは当然。仕事に熱心であればあるほど、理美の出現に腹が立つはず。

（ここは彼の聖域。彼の支配する場所）

かつて美味宮《うましのみや》として一人で立った厨《くりや》は、理美にとって特別な場所だった。それを思い起こせば、そこに踏みこんだ今の自分は、彼に対して礼を失していたと気づく。

理美は饔応長の室から見える厨房に向き直ると、冷たい石床の上で跪拝《きはい》の礼をとった。聖域である厨房に敬意を表し、そこへ向かって深く頭を下げる。

高晋が顔をあげた。そこに跪《ひざまず》く理美の後ろ姿を認め、ぎょっとして椅子《いす》から立ちあがった。

「なにしてんだ、あんた！」

「こちらに立ちいるお許しを請《こ》います。饔応長」

「許しだって？　なんで俺に！　あんたは正六品の宝林だろうが！」

理美の行動の意味がわからず、その困惑《こんわく》が怒《いか》りに近い感情になったのか、高晋は怒鳴《どな》り散らす。顔を伏《ふ》せていた理美だったが、ゆっくり頭を上げた。薄闇に沈《しず》む厨房に目を据《す》えたまま、静かな声で問い返す。

「それがなにか」

「位もたない者の前で跪いて恥《は》ずかしくねぇのか、あんた！」

「この場所を守り整える饗応長に、この場所に入れて下さいとお願いするのに跪くのは当然です。位は関係ない。恥《はじ》になるようなことはしていません」

石床の上で向きを変えて高晋に向かうと、彼の顔を見あげる。猫《ねこ》のような彼の目が大きく見開かれ、怒りのためか頬《ほお》が紅潮していた。

「許しを請います。この場所に立ちいることをお許し下さい」

「自由にしろと言っただろう！」

理美は、ほわりと微笑《ほほえ》む。

「ありがとうございます」

さっきと同様に自由にしろと言われただけだが、その意味はさっきとは違《ちが》う。さっきの高晋の自由にしろは、投げやりと怒りの言葉。今のは許しと怒りの言葉だ。おなじように怒《おこ》っていても、意味が違う。すくなくとも礼はつくし、それに対して許しを得たのだ。

（とりあえず今は、それで充分《じゅうぶん》かも）

立ちあがり高晋に礼をとる。

「自由にしろ。陛下のご意向だろうがなんだろうが、勝手にしやがれ。あんたがどんなものを作るか、みものだがな」

肩《かた》を怒らせて高晋は文机に戻《もど》った。

初対面から睨まれ、冷たくあしらわれている。だが身分にこだわり、得体のしれない後宮女《にょ》官《かん》や食学博士《しきがくはかせ》にへつらう人よりもよほど気持ちがいい人だ。

（料理人としての自負があって、陛下に料理を饗する責任と、熱意があるから）

饗応長としては、あるべき姿勢。

理美は厨房へ入ると火打ち石を探した。さいわいすぐに見つかったが、燭台《しょくだい》は見えない。薄《うす》闇《やみ》の中で目をこらして見回すと、柱の高い位置にくりぬかれた穴があり菜種油を満たし灯心を浸《ひた》した油皿がある。等間隔《とうかんかく》に並ぶ柱に油皿はあり、明かりを灯《とも》すと厨房内が隅々《すみずみ》まで見える配置になっていた。

全《すべ》ての油皿に火を灯す。

（今夜朱西様が陛下のためにご準備されたのは、確か青茸だと）

火種や調理器具の場所も、あく抜《ぬ》きを終えたという青茸の場所も、高晋のあの様子では教えてもらえないだろう。時間はかかるが探しながらやるしかない。

火種を探して竈《かまど》に火を入れ、青茸を探しだした。青茸は水を張った壺《つぼ》の中に浸されていた。軽く茹《ゆ》でて水に浮《う》かせているらしい。水の中にある青茸を一つ手に取る。掌《てのひら》よりいくぶん小さく、青みがかった平たい笠《かさ》の茸《きのこ》だ。鼻を近づけると、思わず顔を背《そむ》けるほどの激臭《げきしゅう》がした。

「く、臭っ」

涙目《なみだめ》になる。一度理美も口にしたことはあるが、とにかくえぐみが強く、食感はぶよぶよして気持ち悪く、鼻を刺《さ》すような臭気《しゅうき》を伴《ともな》う。

えぐみは食材の組み合わせによって消えてくれるだろうし、食感も切り方によっては気にならなくなる。問題はこの激臭で、なんとかしなければならない。

「臭《にお》いを消す方法……お酒、加熱……どれもこの激臭に太刀《たち》打ちできそうもないし」

考え込んでいると視線を感じた。ふり返ると高晋が西側の出入り口の枠《わく》にもたれ、こちらを睨んでいる。食材を無駄《むだ》にしないか、器具を壊《こわ》さないか監視《かんし》していたのかもしれない。

「饗応長は、青茸を調理したことありますか？」

「ねぇよ」

「なんでですか？　朱西様のお手伝いをされていたんじゃ」

「博士《はかせ》も食材に関しては研究中だ。俺があれこれ口出すべきじゃねぇ。でもそろそろ俺も……」

と言いかけてむっと押し黙《だま》る。

（あ、そうなんだ）

おそらく高晋は、毎夜朱西が持参する効能豊かな食材に興味津々《きょうみしんしん》だったのだろう。理美だって興味を抱《いだ》いたのだから同じ料理人として、それは推測できる。

朱西は効能豊かな食材で毎夜珍品《ちんぴん》を生み出し、高晋はそれをじりじりしながら見守っていたのだろう。手を出す機会をうかがっていたに違いない。自分ならばあんな工夫《くふう》をする、こんな工夫をすると。

そしてそろそろ、朱西のゲテモノ料理を軌道修正《きどう》しようと内心思っていたのかもしれない。

「饗応長ならこの青茸をどんな料理にしますか？」

「なんでそんなこと、教えなきゃなんねえんだ」

「陛下のお口に入るものを、すこしでもおいしいものにしたいので」

素直《すなお》に答えると、ふんと鼻で笑われた。

「自分で考えな。顔を真っ白に塗《ぬ》ってるお上品な後宮女官様なら、考えつきそうなもんだ」

「わたし白粉《おしろい》使ってません」

「あんたが使ってようがいまいが、関係ねぇ」

後宮の女たちは四夫人《しふじん》も含《ふく》め白粉を多用しているのだが、理美は白粉そのものが好きではない。あれは原料が鉱物だ。それが肌《はだ》に触《ふ》れる気持ち悪さに慣れない。見た目は小麦のように真っ白なのだから、いっそ小麦を水で溶《と》いて代用すれば良いのではと思うこともある。

実際、白粉を使わない男性の中には、あれを小麦の粉と勘違《かんちが》いしている人もいるらしい。

（小麦？　……小麦だ！）

高晋は助言をくれたのだろうか。それとも偶然《ぐうぜん》だろうか。

「饗応長、ありがとうございます！」

「なにがだよ」

あくまで高晋は不機嫌《ふきげん》なのだが、理美は嬉《うれ》しくて笑《え》みがこぼれた。すぐに小麦を探して厨房を引っ掻《か》き回す。小麦と作り置きの鶏湯《ズイタン》を見つけた。

調理器具をあれこれ引っ張りだし、青茸を水から引きあげ米の粒《つぶ》よりも細かく刻む。

水を張った鍋《なべ》を竈にかけ煮立《にた》たせる。

大きな鉢《はち》に小麦を入れ水で溶く。そこへ細かくした青茸を入れた。

別の竈に空の鍋をかけ、香《かお》りの強い胡麻油《ごまあぶら》を熱し、葱《ねぎ》と生姜《しょうが》と大蒜《にんにく》を入れて香りを出す。そこへ先刻見つけ出した鶏湯を一気に流し込んだ。水が油と反応し、烈《はげ》しい音をたて跳《は》ねたが、構わず流し入れる。香りの強い油が浮く鶏湯になる。

鶏湯を火にかけたまま、別の竈で沸騰《ふっとう》している湯の中へ刻んだ青茸を混ぜた水溶《みずと》きの小麦液を流し込む。湯は真っ白な泡《あわ》で覆《おお》われるほどに沸《わ》き立つ。それが静まると湯の表面には、中心部分に黒点を内包した半透明《はんとうめい》の小さな粒が無数に浮く。それは粟粒《あわつぶ》のようで小さな真珠《しんじゅ》にも見えた。すくいあげ冷水に放す。

高晋はそこまで見ていたが、ふいと自分の室へと引っ込んだ。

(すくなくとも厨房《ちゅうぼう》に立ちいることは許された……たぶん)

二章◆西国からの訪問者

一

後ろ髪《がみ》を引かれながらも、朱西は祥飛が待つ居室へと向かっていた。

（理美は高晋と、うまくやってくれるだろうか）

しばらくの間とはいえ食学《しきがく》研究や祥飛への夜食の提供を中断し、政治的な相談役になることは気が重い。これが父の周考仁の命令であれば、頑《がん》として撥《は》ねつけただろう。

だが祥飛が望んだのだ。「余はおまえに相談したい」と真っ直《す》ぐに言われれば、すがられたような気がして、幼い頃《ころ》からの彼を知っているが故《ゆえ》に情も湧《わ》き、無下に断れなかった。

しかも今、朱西は理美に対してふらちな感情を抱いている。祥飛の望みを撥ねつけることは、理美への感情をもてあまし、無意識に祥飛に逆らおうとしている気がして嫌《いや》だった。

その割りを食った形で、理美は一人で祥飛の夜食を整えるお役目を仰《おお》せつかってしまった。

理美にとって目下最大の問題は楊高晋。饗応《きょうおう》長の彼の協力を得るために、朱西も苦労した。

最初は慇懃《いんぎん》無礼に「胡散《うさん》臭《くさ》い研究をする宰相の道楽息子《むすこ》」としてあつかわれたものだ。

さらに後宮女官たる理美が外朝で一人うろつくとなると、なにが起こるか気が気ではない。宮城内とはいえ、ふらちな者が皆無《かいむ》とは言えない。美しい侍官が物陰《ものかげ》に連れ込まれ、大変な目にあったという噂《うわさ》も聞く。

（やはり彼女を一人にするのは心配だ）

厨房に帰ろうときびすを返すと、一直線に延びた背後の歩廊《ほろう》の中程《ほど》に、いつのまに現れたのか丈鉄が立っていた。

「どこへ行くんだ朱西。陛下がお待ちかねだぜ」

「厨房だ。退《ど》け。理美を一人にしておけない。彼女を一人にして何事か彼女の身に起これば、俺は……陛下は怒《いか》り狂《くる》うだろう。彼女は陛下の気に入りの女官だ」

「安心しろ。俺が理美の身に危険がおよばないように見張ってやる」

「おまえが、なぜ？」

「陛下のために決まっているだろう」

胡散臭い。丈鉄は主《あるじ》の心をおもんばかり、先回りして行動するようなことはない。彼が積極的に動くのは命令があったからに違《ちが》いない。しかし命令は祥飛からではない。

若き皇帝《こうてい》は今、腹立たしさを抑《おさ》え西沙国の使節を受け入れるべきか己《おのれ》の我を通すべきか、決めあぐねて悩《なや》んでいる。理美のことにまで気が回っていない。

「誰《だれ》の命令だ」

「心配顔のおまえを助けたい、俺の善意とは受け取ってくれないか」

いい加減な事に、さっきとは違う理由を口にする。追及しても埒《らち》があかない。しかし丈鉄が理美を見守ってくれるとあれば、これ以上安心なことはないのも事実。ここは任せるべきだ。

「わかった。そう受け取っておく。頼《たの》む、丈鉄」

「なんの」と答える丈鉄を置いて、祥飛の待つ彼の居室へ戻《もど》った。

「お待たせいたしました陛下」

祥飛は窓辺に立ち、薄闇《うすやみ》に沈《しず》む庭院《にわ》を眺《なが》めていた。

「理美は厨房へ行ったか。あんなぼんやりした女を一人にして、大丈夫《だいじょうぶ》なのか」

色彩《しきさい》の少ない冬の庭院に、南天《なんてん》の赤い実だけが鮮《あざ》やかだ。薄闇の中、小さな獣《けもの》の目のように光る実を見つめ祥飛が問う。彼も今さらながら、理美を一人にする危《あや》うさに気づいたらしい。

「丈鉄が彼女を見守ってくれると約束しましたから、安心です」

「そうか。丈鉄が。ならば良い」

「陛下。窓を閉めましょう。お体が冷えます」

触れた祥飛の肩《かた》は石のように冷えていた。祥飛が卓子《たくし》に着くと、朱西は茶を淹《い》れる。

(なぜ父上は、陛下が俺に相談することを了承《りょうしょう》したのだ)

茶葉に湯を注ぎ、上から熱湯をまわしかけて茶器を温めながら疑問が次々湧く。

(西沙国との国交交渉《こうしょう》をすばやく進めようと思えば、父上が陛下を丸め込めばすむこと。それ

なのに陛下のご意向をくみ、俺を相談役につけた）

　周考仁の思惑《おもわく》に適《かな》っているからこそ、祥飛の要望を聞き入れたに過ぎないはず。となると考仁の思惑とはなんだろうか。

「朱西。余は、腹が立つ。西沙国のやりように」

　祥飛の前に茶を置くと、彼は頼《たよ》りなく細い声を出す。

「余を軽《かろ》んじる西沙国のやりようを受け入れろという官吏《かんり》どもにも、腹が立つ」

　祥飛が西沙国の皇帝にあてた親書の内容とそれの返答など、詳《くわ》しい経緯《いきさつ》は先刻知った。それを聞いた朱西も、祥飛は西沙国からも官吏たちからも侮られていると感じた。

　もし先帝《せんてい》の時代、西沙国があのような返事を寄こしたら、官吏たちは息巻いて西沙国人を国から追放し、誰一人入国を許さない触れを出しただろう。

　祥飛は即位《そくい》して一年。十六歳の若さ。官吏たちは若い皇帝の体面と国交樹立後の経済利益を天秤《てんびん》にかけ、天秤はあっさり後者に傾《かたむ》いた。

　祥飛の怒りも鬱屈《うっくつ》も当然。しかし冷静に考えたとき、ここで祥飛の体面を重んじてなにが残るだろうか。若く実績もないのに、誇《ほこ》りだけは一人前な皇帝。そんな風評を招きかねない。

「西沙国が陛下を侮っていることも、官吏が陛下の体面よりも実利を優先したことも事実です。それは陛下に対して許されざる無礼だと、俺も思います。ですが」

　意を決して口を開き、朱西は祥飛の目を真っ直ぐ見据《みす》える。

「ですが、西沙国の使節は受け入れ、丁重《ていちょう》にもてなすべきです」

「なぜだ。おまえは今、それを無礼と申したぞ」

「許されざる無礼ですが、今はそれを堪《た》え忍《しの》び陛下の実績を作るべきです。西沙国との国交樹立は崑国初代皇帝の時代からの悲願。実現すれば、陛下の大きな実績となります。これから誰も無礼を働けないほどに、陛下は実績を積み上げれば良いのです」

「余は皇帝なのだぞ」

「そうです。けれど陛下は、どんな皇帝となられたいのですか」

「どんな、とは」

「生まれだけで祭り上げられ、誰もが心の中で舌を出すような皇帝になられたいのか。それとも臣下や民《たみ》から心から尊敬され、敬われる皇帝になられたいのか、ということです」

きつい言い方かと危ぶんだが、祥飛は朱西の淹れた茶を見つめて動かない。怒《おこ》る気配はない。

（ずいぶん変わられた）

以前ならば「余は皇帝だ」と疑いなく断じ、怒りにまかせて振《ふ》る舞《ま》っただろう。しかし今は朱西の言葉を聞く姿勢がある。

確実に祥飛は変わった。祥飛が皇帝だと威張《いば》り散らしても五龍《ごりゅう》は懐《なつ》いてくれなかったし、理美も擦《す》り寄ってこない。人形のように適当にあしらっていた後宮の四夫人《しふじん》は、知れば誰一人粗《そ》略《りゃく》にあつかえない、自分と同じ感情のある人なのだと意識した故に思い悩んだ。

て。

祥飛はこの春先から、突然《とつぜん》目覚めたように周囲の景色が見えたのだろう。それは理美を通して。

「使節は西沙国皇帝の意を受けて派遣《はけん》されるもの。国交を結ぶ気がない使節は遊び気分でやって来るでしょう。それでも彼らをもてなし、とりこみ、国交を結べば西沙国の利益になると思わせれば陛下の勝ちです。使節から西沙国皇帝に、国交を結ぶべきという報告をあげさせることができます。それは着実な一歩になります」

「西沙国の使節、受け入れるべきか？」

「陛下がどのような皇帝になりたいかお考えになり、それに通じる道を選ぶべきです」

「おまえはしばらく余の側《そば》にいると言ったな？　食学にうつつを抜《ぬ》かすことなく」

力強く「はい」と返事すると、祥飛は小さく溜息《ためいき》をつく。

「……使節を受け入れる。西沙国の使節を受け入れ、もてなし、そやつらに崑国と国交を結びたいと思わせるまで……、余の側にいるのだぞ朱西」

頼られることが嬉《うれ》しくもあり、また己の抱《かか》える恋心《こいごころ》を思えば同時に心苦しくもあり複雑であった。だがこの若き皇帝の力になりたいという思いは、偽《いつわ》らざるものだった。

調理の最後の仕上げを終えた理美は、できあがったものを蓋《ふた》付きの鉢《はち》によそって祥飛の居室へと向かった。太陽は沈み、歩廊の所々に灯《とも》された灯火《とうか》は、冬の澄《す》んだ夜気の中で鮮やかに揺《ゆ》れる。昇龍殿《しょうりゅうでん》の北門を入ると、急にひとけがなくなり心細い。

(陛下の室の周囲は、こんなに静かなんだ)

昇龍殿の周囲を警護する衛士《えじ》はかなり配置されているが、内部は静かなもの。敬われ傅《かしず》かれながらも、寂《さみ》しさをこらえ強がっている祥飛の内面が察せられるようだった。

居室の前で膝《ひざ》を折り、「失礼いたします。お夜食をお持ちしました」と告げると、「入れ」と素っ気ない返事がした。中から戸が開き顔を出したのは朱西だ。祥飛の相談が今まで続いていたらしい。

「夜食の準備は大丈夫でしたか?」

「はい。朱西様も、今までお話を?」

「ええ、でも……。もうこれで失礼します」

無理矢理《むりやり》な感じの笑顔《えがお》をみせ、朱西は室内にいる祥飛に礼をとる。

「では陛下。俺は失礼します。お夜食を召《め》し上がってください。……さあ理美。……中へ」

促《うなが》され中に入ると背後で朱西が扉《とびら》を閉めた。回廊《かいろう》を去って行く彼の足音が消えた。

(朱西様。どうせだったら、ご一緒《いっしょ》して頂きたかった。朱西様の食学の食材を、どうやって調理したか見てもらえたら……)

以前なら、「どんなふうに作りましたか」と、興味津々《きょうみしんしん》で祥飛とともに理美の料理を検分してくれただろうに。やはり朱西は理美と距離《きょり》をとりたがっている。そのことで気持ちが萎《しぼ》む。

「今日の夜食は、おかしな臭《にお》いがしないな。朱西の食材は使っていないのか」

卓《たく》についていた祥飛が、珍《めずら》しそうにこちらを見ている。

「いいえ。朱西様がご準備くださったものを使いました」

気を取り直し、理美は卓子に鉢を置く。理美の務めは、朱西の食材をどれほどうまく調理するかだ。それが今ここにいる意味で、ひいては朱西の食学《しきがく》研究の一助にもなるのだから、まずは祥飛に料理を試《ため》してもらうことが大切。「朱西様がそっけない。寂しい」と、うじうじと考えているよりも、よほど身になる。

「どんな食材だ」

「青茸です」

「あの激臭茸《げきしゅうきのこ》か……。まずいものは食わんと朱西には宣言したのに、あいつは毎夜、相変わらずの夜食をもってくる」

ぶつぶつと不平を漏《も》らしながらも、未《いま》だに素直《すなお》にゲテモノ料理を食べているらしい。祥飛は短気で怒りっぽいくせに、基本的なところがとても素直にできているようだ。

「今夜のお夜食はどうか、お試し下さい」

鉢の蓋を取ると湯気とともに香《かお》りが立つ。とろみのある鶏湯《ズイタン》には溶《と》き卵がふわりと浮《う》き、さらに全体に粟《あわ》のような半透明《はんとうめい》の粒《つぶ》が浮かぶ。それは粥《かゆ》にも見えた。

碗《わん》に注《つ》ぎ匙《さじ》とともに祥飛の前に並べた。

「臭いがしない。奇跡《きせき》だ」

「青茸は細かくして小麦の膜《まく》で包んで、独特の香りを封《ふう》じ込めてます。とろみもあるし細かいので、鶏湯といっしょに飲みこめます」

匙を口に運んだ祥飛が、驚《おどろ》いたように目を見開く。

「これがあの激臭茸か！　食える！」

「青茸は劇的に疲労《ひろう》が回復するらしいです。朱西様が今日の陛下のお仕事を考慮《こうりょ》して、選んで下さった食材です」

祥飛はまた一匙口に運ぶ。

「温かいな。粥のようだが、粥よりもつるつると喉《のど》に入り湯《タン》のようでもある。口触《くちざわ》り、喉ごしがおもしろい。うまい」

祥飛の一言に、理美はほわりと笑う。工夫《くふう》を凝《こ》らしていけば、毎夜「おいしい」の一言を聞ける。それは彼女にとってなにものにもかえがたい喜び。

「良かったです。お気に召していただけて」

しきりに匙を口に運んでいた祥飛だったが、ふとなにか思い出したのか動きが止まる。匙を見つめながらぽつりと言った。

「余は……西沙国の使節を受け入れることに決めた。余を侮《あなど》る西沙国皇帝《こうてい》や官吏《かんり》どもの無礼に耐《た》えねばならん。即位《そくい》直後から、ずっと感じているのだ。誰《だれ》も言葉に出さぬが、官吏たちの意思決定の段取りや合議での態度の端々《はしばし》に、余への侮りが見え隠《かく》れしている」

軽く祥飛は唇《くちびる》を噛《か》む。

「常にそれを感じるから、苛立《いらだ》つ。そんなふうにあしらわれる己《おのれ》が恥《は》ずかしくて、腹が立つ」

皇帝としての誇りが傷ついているのだろうか。それが痛ましい。

「西沙国皇帝や官吏たちが無礼でも、陛下の尊厳は傷つきません。陛下が気高くあられる限り」

「そんなものだろうか」

「だって近頃《ちかごろ》、珠ちゃんは陛下のことをすこし好きになったみたいです。陛下のことを皇帝らしいかも？　って思っているかも？」

「半分けなされ、半分褒《ほ》められたような気がするが」

そこで祥飛はくすっと笑った。今日初めて、笑顔が見られた瞬間《しゅんかん》だった。

「おまえはいつも、呑気《のんき》でいい」

夜食を平らげると祥飛は長椅子《ながいす》へ移った。緊張《きんちょう》がほぐれたように力を抜き、肘掛《ひじか》けに頭をもたせかけ、碗を片づける理美を見つめる。その瞳《ひとみ》がなにかを求めるように、熱を帯びていることに理美は気がついていなかった。

「理美。こちらへ来ぬか」

「はい。なにか」

呼ばれたのでなにげなく長椅子に近寄っていくと、腕《うで》を摑《つか》まれた。そのまま引き寄せられ膝の上に抱《だ》かれていた。

二

目の前に祥飛の瞳があった。睫《まつげ》の長さと瞳の綺麗《きれい》さに驚き声が出ない。なにがなんだかわからなくて目を丸くしていると、

「おまえが欲しい。今」

と掠《かす》れた吐息《といき》のような声で祥飛が告げた。彼の両手が優《やさ》しく理美の腰《こし》を抱く。くすぐったい感触《かんしょく》に身をよじり、それによって祥飛の意図を悟《さと》った。

（まさか！）

驚き祥飛の目を見ると、その目は潤《うる》んだように熱っぽい。血の気が引く。

西沙国や官吏に侮られた鬱屈《うっくつ》が、こんな形で出たのだろうか。とりあえず目の前にいる女に手を出し、鬱屈の解消をしようというのか。冗談《じょうだん》ではない。

「い、いやです。いや……」

なんともいえない恐《おそ》ろしさを感じ声が震《ふる》えた。祥飛の腕は容赦《ようしゃ》なく理美の腰を強く抱く。祥

飛は理美の一つ年下とはいえ、その腕の力は立派な男。彼の膝の上でもがくのが精一杯《せいいっぱい》だ。

「なぜだ」

「だって、だって……」

焦《あせ》り混乱した状態で、祥飛の質問にまともに答えられない。とにかく膝から抜《ぬ》け出そうと、両手で祥飛の胸を思い切り押し返す。相手は意地になったように腰を抱く腕に力をこめる。押し引きの攻防《こうぼう》の末、理美は祥飛の胸を思い切り突《つ》き飛ばすと同時に長椅子の座面を蹴《け》った。目論見《もくろみ》通り、反動で理美の体が祥飛から勢いよく離《はな》れそうになるが、彼が手を離さなかった。そのせいで二人まとめて床《ゆか》に転がった。

床に仰向《あおむ》けに転がった理美の上に祥飛が覆《おお》い被《かぶ》さる。あまりな状況《じょうきょう》に、悲鳴が喉の奥で凍《こお》りついたその時だった。

「陛下。忘れていました。さきほどの……」

戸が開き、朱西が書類を手に入ってきた。彼は卓子《たくし》にも長椅子にも人の姿がないので不審《ふしん》げな顔をしたが、すぐに床の二人に気がついたらしい。目を見開く。

「……理美……」

小さく呟《つぶや》き呆然《ぼうぜん》としていたのは一瞬《いっしゅん》。目をそらし、手にある書類を卓子に置くと、「失礼いたしました」と告げて身をひるがえした。

「……朱西様……！　違《ちが》う……」

朱西の背中が見えなくなってやっと、掠れた声が出たが彼の耳に届くはずはない。しかし届いたとして、なんになるのだろうか。祥飛と理美のこの様子を見て、朱西は邪魔《じゃま》するまいと立ち去ったのだ。朱西は祥飛が女性に興味を抱くことを望んでいるのだろうから、この場合「違う」と言えば、朱西をがっかりさせるだけ。

（このまま陛下が鬱屈を晴らせば、朱西様は喜ぶ？）

鬱屈を晴らすために弄《もてあそ》ばれるくらいなら、死にたい。けれどそれを朱西は望んでいるのだろうか。理美は後宮の女官《にょかん》だ。後宮の女だ。居場所が欲しいと思いあれこれと手をつくし、それなりに認められたと思っていたが、結局根本的に、そういった女の役割を期待されているのか。

「……朱西様……」

思わずその名を口にすると、祥飛が針でも刺《さ》さったように痛そうに顔を歪《ゆが》める。

「朱西と言ったか？」

問い返した祥飛の声は、理美の耳には聞こえていなかった。

悔《くや》しさと哀《かな》しさで涙《なみだ》がにじみ、両手で顔を覆った。情けなくて、これ以上情けない顔を見られたくなかった。祥飛は皇帝なのだから、朱西が期待するような役割を理美に求めることを、当然と受け取っているだろう。

皇帝にとって当然のことで泣く理美が、馬鹿《ばか》に見えるはず。だから顔を見られたくない。

体にかかる重みが消えた。祥飛が身を起こしたらしい。

「悪いことをした。泣くな理美」

悄然《しょうぜん》と謝罪する声に、理美は驚き顔を覆っていた手をはずす。祥飛は彼女の傍《かたわ》らの床に膝《ひざ》を立てて座り、困ったような顔をして手を差しだしている。

「泣かないでくれ。余がすこし……かなり、落ち着きをなくしていた。許せ。今日は特に、色々とあったからだ。普段《ふだん》はこんなことはしない。もう、しない。約束する」

不思議でたまらない。彼は理美に泣かれるのが嫌《いや》なようだ。謝罪するのはどうしてかわからないが、謝罪には真心を感じる。

「許せ」

「……は、はい……」

おそるおそる、差しだされた手をとり身を起こす。すると祥飛は手を離し立ちあがり、窓辺に寄りかかり背を見せた。

「余に触《ふ》れられるのが嫌か？」

祥飛を嫌《きら》いなわけではない。だが、触れられて平気ではない。それは祥飛がどうとかいう問題ではなく、恋《こい》してもない相手に触れられるのが嫌なだけだ。

「恋を……恋していない人に、触れられるのは……」

遠慮《えんりょ》がちに答えた声は、先ほどの衝撃《しょうげき》を引きずってまだ震えていた。

「朱西ならいいか？」

もし朱西に抱き寄せられたら、自分はどうするだろうか。きっと驚《おどろ》くが突き飛ばしたりはしない。彼がどんなふうに触れてくれるか、どきどきしながら待つかもしれない。そんなことを思うと頰《ほお》が赤らみ俯《うつむ》いてしまった。祥飛は目の端《はし》でそれを捉《とら》えると、軽く唇を嚙む。

「さがれ理美」

硬《かた》い声で祥飛は命じた。夜食の食器を手早くまとめ、理美は急いで室を出た。

◆

(理美は朱西を？)

窓枠《まどわく》に額をつけ、祥飛はきつく瞼《まぶた》を閉じていた。先刻「朱西様」と彼女が呼んだ切ない声には、愛《いと》しい人へ向けた響《ひび》きがあった。思い返せば理美は常に朱西とともにいて、とても嬉《うれ》しそうに彼の傍らにいるのだ。

(朱西はどうなのだ？)

祥飛にのしかかられている理美を見て、朱西はすぐに出て行った。邪魔をしたくないように見えた。彼は理美に対して、特別な感情を抱《いだ》いていないのだろうか。それとも祥飛に遠慮してのことか。

理美のことを愛しいと思っているとするならば、腹が立つ。理美は後宮女官で祥飛のものなのに、無遠慮《ぶえんりょ》に恋心《こいごころ》を抱くことは無礼だ。だが愛しさを感じながらも、祥飛に遠慮してあんな態度を取ったのであれば理美が可哀相《かわいそう》で、そのことにも腹が立つ。

逆に理美をなんとも思っていないとしたら、それはそれで腹立たしい。理美があれほど切なげに呼んだのに、恋知らずの博士が惚《とぼ》けた顔で「なんとも思っていません」などと言ったら、「この情け知らず！」と一発頭でも殴《なぐ》りたい。

なにをどう考えても腹立たしいのに、朱西も理美も憎《にく》らしくはない。そこが困る。怒鳴《どな》り散らしてやりたいのに、彼らを嫌いだと思えない。二人とも祥飛には必要なのだ。

（もし理美が朱西を思っているのだとしたら……余は、どうすればいい……）

ひどく胸が苦しかった。西沙国のことも考えなければならないこの時に、誰《だれ》にも相談できない苦痛が一つ生まれる。

◆

（あれは……。あれは……そうか）

逃《に》げ込むように食学堂《しきがくどう》へ戻《もど》った朱西は、文机《ふづくえ》に突っ伏《ぷ》した。胸の内でのたうち回る感情に翻《ほん》弄《ろう》され、思考は千々に乱れ、吐《は》き気がするほどだ。

（伯礼が理美に夜食の務めをさせようと推挙したのには、この意図があったのか。陛下はそれ

を受け入れたのだ。理美を傍らに置きたいと）

朱西の目から見ても、理美と関《かか》わりをもってからの祥飛の変化は好ましいと感じられた。鋭《えい》敏《びん》な伯礼がそれを察しないわけはない。祥飛が、伯礼が認めるほどの良き皇帝《こうてい》になれば彼が祥飛に対して抱くわだかまりも解消できる。そのために理美が必要と判断するのは当然だ。

恋に不慣れな祥飛のために、お膳《ぜん》立《だ》てをした。

（今、あの場所で理美の身になにが？）

想像すると苦痛なのに、考えずにはいられない。

（陛下にとって、喜ぶべきことにもかかわらず……俺は）

両拳《こぶし》を握《にぎ》り文机を叩《たた》く。苦しくてたまらなかった。その後は食学堂を引っ掻《か》き回して酒を探しだし、それを馬鹿みたいに呷《あお》ったあげく長《なが》椅《い》子《す》で眠《ねむ》った。

こんなに気持ちが乱れていたら、朱西は二度と理美の顔をまともに見られないだろう。


翌日、祥飛は朱西に命じて宰相《さいしょう》周考仁と戸《こ》部《ぶ》尚《しょう》書《しょ》、礼《れい》部《ぶ》尚書を呼び出し、西沙国の使節を受け入れると知らせた。そしてその日のうちに朱西が礼部への根回しをし、西沙国の使者に「崑国は使節を受け入れる」とした返答をもたせ国へと送り返した。

その対応の早さを礼部尚書はことのほか喜び、朱西にねぎらいの言葉をかけたほど。

しかし朱西は無表情に淡々《たんたん》と「ありがとうございます」と答えただけだった。

程《ほど》なく西沙国からも返答があり、西沙国皇帝の実弟《じってい》であるグルザリ・シャーを使節とした使節団が崑国へと派遣《はけん》されることになったと伝えてきた。

グルザリ・シャーを団長とした使節団が崑国に入ったのは、崑国では最も寒さが厳しくなる頃《ころ》だった。

三

薄《うす》く雪が降り積もった安寧《あんねい》の都大路を、西沙国使節団は宮城へ向かって行列した。

彼らの通る道は綺麗《きれい》に雪が取り除かれ、ぬかるみにならないように石が敷《し》きつめられた。急ごしらえの舗装《ほそう》だったが、都人たちは、皇帝は西沙国に一目置いているのだろうと囁《ささや》きあっていた。

崑国皇帝と対面した使節グルザリ・シャーは遠路の旅のねぎらいを受け、まずはゆっくりと休むようにとすすめられたという。

使節団は国賓《こくひん》を迎《むか》えるための宮殿《きゅうでん》、双龍宮《そうりゅうきゅう》に滞在《たいざい》することとなった。

双龍宮は宮城の南端《なんたん》に位置し、宮城大門から見下ろせた。そこだけ高い塀《へい》を巡《めぐ》らし庭院《にわ》を整え、起居のための館《やかた》がある。

一隅《いちぐう》には二層の望楼《ぼうろう》もあり、そこから宮城内の壮麗《そうれい》な様子を眺《なが》めることができる。特に宮城の主殿《しゅでん》である太極殿《たいきょくでん》の巨大《きょだい》な屋根と、見あげる程に高く長く続いて太極殿へと上る石の階段とその中央を飾《かざ》る、浮《う》き彫《ぼ》りの五爪《そう》の龍がよく見えた。即位式《そくいしき》などあれば望楼の二階から、太極殿前の石敷き広場を埋《う》めて跪拝《きはい》の礼をする文官武官が見おろせ、壮観《そうかん》な眺めになるだろう。

その広大華麗《かれい》な宮城内を眺めさせ、賓客《ひんかく》をもてなし、あるいは威圧《いあつ》する目的の望楼だ。

「今日、西沙国の使節団が到着《とうちゃく》したのよね。わたし西沙国の人とは会ったことがないのだけど、褐色《かっしょく》の肌《はだ》をしているらしいわね。お姉様は使節のグルザリ・シャー様というお方、見た？」

「……へ？」

上の空で菓子《かし》を取り分けていた理美は、余淑妃《よしゅくひ》に訊《たず》ねられて目をぱちぱちさせた。

「あ、なんでしたか？」

すると同席していた宋貴妃《そうきひ》が、呆《あき》れたような顔をする。

「頭の中に蜘蛛《くも》の巣《す》でも張ってらっしゃるの？　とぼけているのはお顔だけになさって雪宝林」

「宋貴妃様、もうちょっとお優《やさ》しくできませんか？」

遠慮がちにたしなめたのは、これも同席している温賢妃《おんけんひ》。

「どうした雪宝林。近頃《ちかごろ》態度がおかしいよ。陛下の夜食を作るようになってからね、変なのは」

鳳徳妃《ほうとくひ》が綺麗に整えた眉《まゆ》をひそめる。

四夫人《しふじん》たちが集まっているのは後宮の、宋貴妃の宮殿太麗宮《たいれいきゅう》だ。

彼女たちは、季候の良いときは西桃苑《せいとうえん》に集まってお茶を楽しむのを習慣にしていたが、冬になり雪が積もりはじめると、各々《おのおの》の宮殿に順番に集まりお茶を楽しむようになった。

お茶の席には必ず理美が呼ばれ——というよりも、おいしいお茶うけを作って持参するように命じられ——ている。

火鉢《ひばち》が置かれた室内は、ほどよく暖かい。外からはこそとも音がしない。庭院に積もる雪が、周囲の騒音《そうおん》を吸い取ってしまったようだ。

四夫人が侍女《じじょ》を追い払《はら》い、勝手気ままに遠慮《えんりょ》なくおしゃべりする場所に参加するのは楽しい。しかし楽しい席でもぼんやりしがちなのは、気持ちが落ち着かないからだ。

朱西が祥飛の相談役として食学博士の任を中断し、なおかつ毎夜、理美が祥飛の夜食を作ると決まった日、祥飛は理美に触《ふ》れた。それを朱西は目撃《もくげき》した。

あの日から半月ばかり経《た》つ。あれ以来祥飛はなにもしない。それは助かるが未《いま》だに気まずい。さらに朱西は理美と顔を合わせると、ぎこちなく笑って逃げるように去って行く。

朱西に避《さ》けられている今の状態が寂《さみ》しい。彼は理美が祥飛の寵《ちょう》を得たと勘違《かんちが》いしているのだろう。祥飛の寵姫《ちょうき》に馴《な》れ馴れしくしてはならないという配慮《はいりょ》だろうが、それは誤解だ。誤解を解きたいが機会に恵《めぐ》まれない。

西沙国の使節団を受け入れる準備に朱西は忙殺《ぼうさつ》されている。毎夜顔を合わせるのは祥飛だけで、それとなく朱西のことを訊《き》いても「元気だ」「忙《いそが》しい」くらいしか返事をしてくれない。

「なにか気がかりがあるの？　話して欲しいけれどね」

鳳徳妃のおおらかな申し出に、他《ほか》の三人も頷《うなず》く。四夫人たちの気遣《きづか》いがありがたくて、誤魔《ごま》化《か》すのも申し訳ない。

「ちょっとした誤解で、朱西様に嫌《きら》われてしまったような気がするんです」

「まあ、そんなこと。なんの誤解か知らないけれど誤解なら解けばいいじゃない？　お馬鹿《ばか》さんね。食学博士は話の通じないわからず屋ではないでしょう」

宋貴妃が綺麗な爪で口元に手を当て小馬鹿にするように笑う。この季節、彼女の好む生花がないので、髪《かみ》を飾っているのは銀細工の花。大輪の銀細工は美しい。

「でもお話しする機会がなくて」

「機会は自分でつくるものだよ」

力強く告げる鳳徳妃に、温賢妃は小首を傾《かし》げる。

「食学博士は今、陛下のご相談役を務められているのでしょう？　お目にかかる機会をつくりたくとも、そう簡単ではないかもしれませんわね」

ぽんと余淑妃が手を打ち、溌剌《はつらつ》とした声で言う。

「待ち伏《ぶ》せが良いわよ、お姉様！　後宮入りする前、茶楼《さろう》で知り合いになった、それは可愛《かわい》らしいお姉様がいたの。わたしそのお姉様にお花をさしあげたかったんだけど、なぜか逃《に》げ回るから、お姉様のお屋敷《やしき》をつきとめて待ち伏せしたの。お花は、ちゃんと渡《わた》せたわ」

余淑妃の告白に全員が凍《こお》りついた。全員の表情に「そんなことしたんだ……」という衝撃《しょうげき》が走る。余淑妃にしてみれば成功だろうが、相手はどれほど恐《こわ》かったか。犯罪の香《かお》りさえする。

「まあ……淑妃様の例はあれですけど」

こほんと軽く咳払《せきばら》いし、温賢妃は微笑《ほほえ》む。

「食学博士は逃げ回っているわけではないのだから、待ち伏せは良いかもしれないわ」

(待ち伏せ……。とにかくお顔だけでも見られたらいい。寝《ね》る間もないほどにお忙しいと聞いているから、お体も心配だし。お元気な姿を見られたら、それだけでも良いかも)

確かにもやもやしているばかりでは、埒《らち》があかない。四夫人たちの助言の通り、朱西と話をする機会を自分から求めるべきなのだろう。

「なんとか、やってみます」

お茶を給仕《きゅうじ》しながら四夫人の存在をありがたく感じる。なんとも頼《たの》もしい。姉斎宮《さいぐう》から遠く離《はな》れた寂しさが、四夫人たちと過ごすことで癒《い》やされる。

姉斎宮は「あんな小娘《こむすめ》たちと一緒《いっしょ》にしないで」と高飛車に言い放ちそうだが、理美が四夫人のおかげで寂しさを感じないでいられることは、心から喜んでくれるはず。

——良かったこと、美味宮《うましのみや》。

ふと姉斎宮の声が聞こえた気がした。

「まあ、雪宝林もしかり、わたしもしかり。悩《なや》みはつきないね」

鳳徳妃が茶器を手に眉をひそめたので、宋貴妃が茶化《ちゃか》す。

「鳳徳妃様もどなたかに嫌われましたの？　まあ、しょっちゅう嫌われそうですけれど？」

「まるまるお返しするよ、宋貴妃様。わたしの悩みは実家のことだ。西沙国の使節が来国すると決まってから、お祖父《じい》様がうるさい。使節団と会うことはあるのか、使節であるグルザリ・シャーと接触《せっしょく》できるのかと」

「それ、わたしもです。お父様が西沙国が～、西沙国が～と文《ふみ》をよこすから、毎回踏《ふ》みつけて地面に釘《くぎ》で打ちつけて燃やしてます」

余淑妃はざまあみろと言いたげに、面白《おもしろ》そうな顔をする。

「なぜご実家が？」

きょとんとする理美に、温賢妃が優しく説明する。

「西沙国と交易が始まれば、その利益は莫大《ばくだい》ですもの。今のうちに西沙国と繋《つな》がっておきたいのでしょうね。もし崑国が国として交易をできなくても、この機会にうまく西沙国と接触して個人として密《ひそ》かに取引でもできれば、その家の財力は膨《ふく》れあがりますし」

「ああ、いやね。卑《いや》しい。馬維順《まいじゅん》はともかく、鳳家も目の色を変えているなんて。龍《りゅう》家と並ぶ王族が聞いて呆れるわ。ご実家には慎《つつし》みをもって欲しいものね」

容赦《ようしゃ》ない宋貴妃の意見に、鳳徳妃は苦笑いするだけ。実は宋貴妃には、さして悪気はない。ただ言葉がきついだけなのを、鳳徳妃を始め理美も他の四夫人もわかってきていた。

「耳が痛いな。鳳家は直系が絶えたせいで、お祖父様が必死だから。出奔《しゅっぽん》した伯父《おじ》様が見つかれば良いのだろうけれど、行方《ゆくえ》知れずになって二十数年。未だに捜《さが》してはいるが、生きてはいないだろうし」

温賢妃が、ああと小さく頷く。

「鳳青修《せいしゅう》様と仰《おっしゃ》るお方ですわね。とても賢《かしこ》いお方であったと」

「賢すぎて、鳳家が権力にこだわる醜《みにく》さに嫌気《いやけ》が差したのだろう。お祖父様にはお気の毒様だけれど。陛下は四夫人の誰《だれ》が世継《よつ》ぎを産もうが四夫人の子とすると宣言されたから、わたしが世継ぎを産んでその子が皇帝《こうてい》になっても、鳳家が思うように操《あやつ》れないのは明白。権力から遠ざかりかけている今、財力なりとも求めて必死なのでしょうよ」

人ごとのように言うと、鳳徳妃は悠然《ゆうぜん》と長い足を組み替《か》えた。

(西沙国の使節というのは、そんなに影響力《えいきょうりょく》がある存在なのね)

使節の受け入れ準備をしている朱西に暇《ひま》がないのは、当然のことなのだろう。

その日の夕暮れも、理美は祥飛の夜食を準備するため外朝の厨房《ちゅうぼう》に向かった。

今日の厨房は、てんてこ舞《ま》いだったらしい。いつも夕暮れには竈《かまど》の火も落とされて冷たい空気が沈《しず》んでいるはずなのだが、室内の空気にまだ火の熱気と香味《こうみ》野菜の香りが残っている。

宮廷《きゅうてい》料理人たちはいつも皇帝の朝餉《あさげ》と昼餉《ひるげ》を整えるが、今日はそれに加え、遅《おそ》い時間に到《とう》着《ちゃく》するはずの西沙国の人々の食事を準備する役目も担《にな》っていたのだ。西沙国の使節団のために料理を準備し、それを双龍宮に運び終わり、やっと料理人たちは家路についたのだろう。

西の小部屋を覗《のぞ》くと、高晋がぐったり文机《ふづくえ》に突《つ》っ伏《ぷ》していた。その背中に「厨房を使います」と告げると、彼は顔をあげず「勝手にしろ」と返事した。

(西沙国使節団をもてなす料理となると、大変な量を準備したんだろうな)

高晋の疲労《ひろう》ぶりから察せられた。

厨房に立つ。食学《しきがく》的食材は毎日、夕方に間に合うように届けられている。今日の食材は、どう見ても木の根にしか見えない根菜だった。牛蒡《ごぼう》よりも細くて硬《かた》くて、髭《ひげ》がぼうぼう生えている。半分に折ってみると、折った途《と》端《たん》に断面が黒くなる灰汁《あく》の強さ。

籠《かご》いっぱいに盛られたその食材には、いつものように朱西の筆で紙が添《そ》えられている。

『仙人木《せんにんぼく》の根です。滋養強壮《じようきょうそう》、緊張緩和《きんちょうかんわ》、安眠《あんみん》効果があります。よろしくお願いします』

端正《たんせい》な文字を見つめていると、朱西の声が聞こえるようだ。本物の彼の声を聞きたい。

(そうか。朱西様はほとんどお屋敷に帰らず食学堂で寝起《ねお》きされている。じゃあ、食学堂で待ち伏せれば?)

そんなことを思いついたその時、

「失礼。あなた」

と厨房の出入り口から柔《やわ》らかな声がした。そこに見慣れない青年がいた。彼は独特の色彩《しきさい》をもっていた。褐色《かっしょく》の肌《はだ》に銀色がかった白っぽい髪。紫色《むらさきいろ》の瞳《ひとみ》。黒髪黒目の崑国人や和国人にはありえない、その色彩。目元には泣きぼくろ。それがどことなく色っぽい。

肌の色から察するに西沙国人だろう。理美は初めて西沙国人を見たが、肌や髪色はとても美しい。しかしなぜ西沙国の人間がこんな場所にいるのか。

目を白黒させていると、彼は微笑む。

「可愛らしいお嬢《じょう》さん。僕に必要なもの、くれない？」

「へ？」

彼は微笑みながら遠慮《えんりょ》なく踏みこんでくる。体に沿った細身の上衣《じょうい》の袖《そで》は長く、裾《すそ》は膝丈《ひざたけ》。全体に唐草《からくさ》に似た凝《こ》った刺繍《ししゅう》が施《ほどこ》されている。下は裳《も》ではなく細身の袴《はかま》。腰《こし》を柔らかな布で縛《しば》り、それが歩みとともに流れて優雅《ゆうが》だ。

彼は自然に理美の手を取ると、跪《ひざまず》き手の甲《こう》に額を押し当てた。西沙国式の挨拶《あいさつ》らしい。愛想《あいそ》良く微笑み立ちあがる。

「くれない？　食べ物を」

「え……。お腹《なか》すいてるの？」

「僕じゃない。お腹ぺこぺこは僕の飼い主様だ」

崑語を操っているが、発音が微妙《びみょう》に怪《あや》しい。しかしそれを突っ込めるほど、理美も崑語に熟達していない。今も「飼い主」の単語の意味がわからず一瞬戸惑いつつ、頭の中の単語帖を引っ張りだす。確か主人と同義だったような気がする。

「あっ、わかった。飼い主様よね。それは大変」

「そう、飼い主様。大変だ」

崑語が怪しい二人でにこにこしていると、背後から険悪な声が聞こえた。

「おい、そいつ何者だ。おまえが引っ張りこみやがったのか雪宝林」

ふり返ると高晋が肩《かた》を怒《いか》らせて立っていた。

「違《ちが》います。ご自分からここにいらして」

西沙国の青年は高晋にも愛想良く微笑むと彼の前に跪き、

「どうも、よろしく。新しい友だちの方」

とその手を取って額に押し当てる。

「なんだ気色悪い！」

高晋は手を引いて飛び退《の》くが青年はめげない。笑顔《えがお》で立ちあがり、

「食べ物をください。僕の飼い主様は、お腹をすかせてる」

と言う。高晋は訝《いぶか》しげな顔をする。

「飼い主？　主人とか、主《あるじ》のことを言ってんのか」

「あ、そう。それです、主。だから主に食べ物をください」

この西沙国の青年をどうするべきか、理美と高晋は戸惑い顔を見合わせた。

「シュリ！」

突然《とつぜん》、厨房の出入り口から朱西が飛びこんできた。

(朱西様！)

思いがけず彼が姿を見せたので理美の胸は高鳴るが、同時に彼の顔色が気になった。

(会えた。やっと！　でも、……お顔の色がとても悪い)

朱西は大いに慌《あわ》てているらしく、ちらっと理美を見てはくれたが、そのまま西沙国の青年に駆《か》け寄る。

「勝手に先へ行かないでください。困ります」

「ああ、ごめんなさい。朱西様」

まったく悪いと思っていない笑顔で西沙国の青年——シュリが答えるので、朱西の全身に疲《ひ》労感《ろうかん》が漂《ただよ》う。目を丸くしている理美と高晋に気がついたのか、申し訳なさそうに眉尻《まゆじり》を下げる。

「すみません高晋。理美。驚《おどろ》かせてしまいましたが、彼は西沙国の使節団に随行《ずいこう》してきた料理人、シュリと言います」

紹介《しょうかい》されたシュリは、胸に手を当て西沙国式の礼をする。

「使節団が双龍宮へ移動する準備中なのですが、グルザリ・シャー様がお腹がすいたと仰って」

朱西の言葉に、高晋の眉根《まゆね》が寄る。

「双龍宮に、俺たちが準備した料理があるはずですがね」

「使節団にはそう伝えました。しかしシュリが頑《かたく》なに、自分が作るから材料を寄こせと。厨房に材料があると教えたら、案内しろとせがむので」

使節団の料理人を、正四品侍郎待遇《しょうよんぴんじろうたいぐう》の朱西自ら案内するのは、食学博士の義務感だろう。料理人とはいえ使節団の一員。無下にあつかえない。下働きに任せるわけにもいかず、かといって厨房の場所さえわからない官吏《かんり》に任せるわけにもいかず、やむなく朱西がついてきたものと思われた。

辺りを見回すと、シュリは野菜籠に目をとめた。勝手にすたすたと野菜籠に近づき、中を引っ掻《か》き回す。高晋がたまりかね、「なにをしている」と声をあげた。

シュリは高晋の声を無視し、籠の中にある何種類かの野菜をつかみ出し床《ゆか》に並べる。

「僕はこれが欲しい。この芋《いも》。この香りの良い緑の葉。木の実一袋《ふくろ》。これをもらう。あとは肉が欲しい。肉はどこ？　豚《ぶた》か鶏《とり》。どちらでもいい」

朱西の気苦労も知らなそうに、シュリは笑顔のまま要求する。

「腹をすかせた人を待たせているんでしょう。今からすぐに双龍宮に移動した方が早い。料理は、冷めてもうまいものを準備してある」

高晋の言葉に、シュリはにこやかなまま首を横に振《ふ》る。

「いいえ。作るのは僕。双龍宮に行って作る」

「もし温かいものが欲しいなら、俺が今から作ってお持ちする。下ごしらえがすんだ食材も鶏湯《ズイタン》もあるから、すぐになんでも作れる」

言いつのる高晋に、シュリの微笑が消えた。突然、驚くほどに鋭《するど》い表情になったかと思うと、低い声で答える。

「作れても所詮《しょせん》、崑国料理。崑国料理はシャー様の口にあわない。西沙国人は崑国料理になじまない。礼儀《れいぎ》も違う。西沙国人は手で食べる。箸《はし》や匙《さじ》を使って食べるのは苦痛」

撥《は》ねつける強さに理美は啞然《あぜん》とした。あまりな言いぐさだ。高晋は目をつり上げた。

「なんだって!? 苦痛と言いやがった!?」

「あんなもの食べない」

「崑国料理を馬鹿《ばか》にするのか!」

「高晋! おやめなさい!」

怒鳴《どな》る高晋の前に、朱西が慌てて割って入る。

「失礼しましたシュリ。高晋、控《ひか》えてください」

「しかし博士《はかせ》、あの言いぐさ!」

「気持ちは分かります。でも落ち着いてください、高晋」

いきり立つ高晋の肩を押さえ、朱西は理美をふり返った。

「理美、お願いします。シュリを使節団が休んでいる開明殿《かいめいでん》へご案内を」

理美は急いで、「こっちへ」とシュリに声をかけ、厨房《ちゅうぼう》の外へと連れ出した。中からまだ高晋の喚《わめ》く声が響《ひび》いてくる。歩廊《ほろう》に出るとシュリが小首を傾《かし》げ心配そうな顔をした。

「食べ物をくれないかな？　困るけど、僕」

「きっと朱西様が、そろえて届けてくれるわ。仕事に間違《まちが》いのないお方だもの」

「そう。良かった」

目元に笑い皺《じわ》ができるシュリの笑顔は、少年っぽくて無邪気《むじゃき》そうに見える。

迷いながらも、理美は歩廊を昇龍殿の北門とは別の、西側に続く方向へと曲がる。その先に朝議をおこなう新和殿《しんわでん》や、謁見《えっけん》の者たちが控える開明殿があるのだ。石敷《いしじき》の歩廊はひやりと冷たく、周囲に降り積もった雪が宵闇《よいやみ》の暗さの中でぼうっと明るい。

（朱西様、大変そう。あんなお顔の色をされて……）

彼の気苦労が偲《しの》ばれ物思いに沈《しず》んでいると、隣《となり》を歩むシュリがひょいと顔を覗《のぞ》きこんでくる。

「あなたは怒ってる？　自分の国の料理……崑国料理がシャー様の口にあわないと言ったこと」

「お国によって、慣れ親しんだ味が違うのは当然よ。しかもわたしは崑国人ではないし」

「崑国人じゃない？」

「和国人なの。宗主国《そうしゅこく》たる崑国に従属の証《あかし》として後宮に来たの」

「ああ、そう。……可哀相《かわいそう》だ、あなた」

シュリは遠慮なく理美の頭を撫《な》でた。気軽な振る舞《ま》いにびっくりしたが、気遣《きづか》いからの行動なので嫌《いや》な気はしない。

「お気遣いありがとう。でも大丈夫《だいじょうぶ》。わたしは可哀相じゃない。それに慣れ親しんだ味が違うとしても、他国の味を受け付けないというのは頑なに過ぎるような気がする。試《ため》してみれば、意外なほどおいしい発見もあるわ」

シュリはわずかばかり眉《まゆ》をひそめ、「それは、ない」と言いきる。基本的に愛想《あいそ》は悪くないくせに、どうも頑なだ。

(崑国に利益をもたらす西沙国の使節団のおもてなしは、きっと苦労する。陛下も朱西様も)

あたりが柔《やわ》らかく柔軟《じゅうなん》そうなのに、確固たる主義や主張がありそれを曲げない。表面上の柔らかさは、相手や状況《じょうきょう》を受け流す方策。シュリから感じるそんな雰囲気《ふんいき》は、西沙国人特有だろうか。もしそうなら使節団をもてなし、彼らを国交樹立の糸口とするのは一筋縄《ひとすじなわ》ではいかない難事になるはず。

シュリを開明殿まで導くと、彼は「ありがとう。可愛《かわい》いお嬢《じょう》さん」と優雅《ゆうが》に一礼して建物の中へ消えた。役目を終えた理美が厨房の方へ歩廊を引き返していると、正面から早足に朱西がやって来た。

「朱西様。シュリは開明殿へ帰りました」

「ありがとうございます。彼が戻《もど》れば安心です。使節団は双龍宮へ移動する手はずになっています。シュリが先ほど選んだ食材は、厨房の下働きが双龍宮まで運ぶことになって……」

そこで突然言葉が途切《とぎ》れた。訝しく思う間もなく、朱西の体が傾《かし》ぐ。

「朱西様!?」

支えようとするが、小柄《こがら》な理美が支えきれるものではない。「誰《だれ》か！」と呼ぶ理美の声に応じ衛士《えじ》が駆けつけた。衛士が朱西の肩《かた》に手をかけるのと同時に、彼は衛士の方へ倒《たお》れこんだ。

三章◆恋の夢

一

ここしばらく、朱西は目が回るような忙《いそが》しさだった。

西沙国の使節を受け入れると決定してから、やるべきことが山のようにあった。準備には細かく受け持ちの部署があり担当官吏がいるのだが、最終的には全《すべ》て皇帝《こうてい》が確認《かくにん》する。しかし祥飛自身が確認するわけもなく、結局祥飛の代理として朱西が動く。

忙しさは、ありがたかった。忙しければ余計な事を考えないですむ。余計な事とは、もちろん理美のことだ。仕事をしている間はなにもかも忘れられたが、真夜中過ぎに仮眠《かみん》を取ろうとすると、彼女のことが頭をよぎってなかなか寝付《ねつ》けないこともしばしば。

理美が毎夜、祥飛の夜食を整えるために彼の室へ行くのが決まっているから尚更《なおさら》辛《つら》い。今その場でなにが起こっているのか考えると、息が出来ないほど苦しかった。

だからとことん疲《つか》れ、気を失うように眠《ねむ》ることを望んだ。

夢うつつに、朱西は思う。

(理美。彼女は今どこに……？　陛下の腕《うで》の中に……？)

「朱西様？」

切なく求めた人の声がごく近くでしたので、はっと目覚める。目を開くと見慣れた食学堂《しきがくどう》の天井《てんじょう》があり、そして理美がこちらを覗きこんでいた。

「良かった！　お目覚めになった！」

「理美!?」

飛び起きると、食学堂の長椅子《ながいす》の上だった。堂内の火鉢《ひばち》には火が入り、卓子《たくし》の上には蠟燭《ろうそく》の明かりもある。長椅子の傍《かたわ》らに理美が跪《ひざまず》いている。朱西を見守っていたらしい。

「俺はなにを。使節団は」

「朱西様は西沙国の使節団が移動される直前に、お倒れになって。衛士がここまで運んでくれました。使節団は礼部尚書《れいぶしょうしょ》のご案内で無事に双龍宮《そうりゅうきゅう》に移動されました。陛下は私室に戻られました。朱西様が倒れられたと聞いて、今夜はゆっくり休めと仰《おお》せだそうです」

倒れる直前のことが思い出された。真っ先に心配した西沙国使節団のことも、問題なく終わったらしい。胸をなで下ろし深い息をつく。

「すみません。あなたにも迷惑《めいわく》をかけましたね、理美」

「いいえ。そんな」

理美はもじもじと俯《うつむ》く。久しぶりに近くにいる彼女が可愛らしくて、胸がざわめく。離《はな》れればすこしは面倒《めんどう》な感情も落ち着くかと期待したが、そうはならないらしい。

(逆に前よりもずっと……。どうすればいい)

なにかのきっかけがあれば、彼女に触《ふ》れてしまいそうだ。己《おのれ》を戒《いまし》めるように、あえて問う。

「陛下のもとにいなくていいのですか？　夜食を」

「陛下は使節のグルザリ・シャー様のお持ちになった、西沙国のお菓子《かし》をお召《め》し上がりになったそうで、お腹《なか》がいっぱいだと。今夜の夜食はなしでいいと伝言がありました」

「しかしあなたは陛下の側《そば》にいるべきでは」

「わたしのお役目は、お夜食を作り給仕《きゅうじ》することだけです。それに、あの、朱西様……もしかして誤解されているかもと……。それは違《ちが》うと、言いたくて……」

「誤解？」

「お夜食を饗《きょう》した最初の夜。おかしなところを朱西様はご覧になったかと。でも、あれは事故で……。陛下との間に、はしたないことはありません。こんなことを申し上げても、朱西様には関係ないことですが……。ですよね……朱西様にはなにも関係なくて……」

もそもそと自信なさそうに理美の声は先細りする。

「……え？」

予想もしなかった突然《とつぜん》の告白に驚《おどろ》き、言葉が出ない。しばらく彼女の睫《まつげ》を見つめ、ようやく確認の言葉をつむぐ。

「ない？　なにも？　あんな状況で」

「陛下と一緒《いっしょ》にひっくり返っただけで。その後陛下は、謝ってくださいました」

彼女の頬《ほお》が朱に染まっている。それがひどく可愛いと思うのと同時に、彼女と祥飛の間になにもなかったという事実が、徐々《じょじょ》に朱西の胸に凝固《ぎょうこ》していた苦しみを溶《と》かしていく。

（なにもなかった。……この人はまだ、陛下のものではない）

愛《いと》しさがあふれる。まずいと思う。理性が消えそうだ。

「ずっと朱西様は誤解されているかと思って。でも朱西様には関《かか》わりないことですから……別に……。でもそれよりも、朱西様はとてもお忙しいとうかがっていたから、お体も心配で」

声が微《かす》かに震《ふる》えるのは、泣きたいのをこらえているようだった。

「今日やっとお目にかかれたのに、お倒れになった時は……どうしようかと……」

理美の瞳《ひとみ》は、蠟燭の明かりに照らされて潤《うる》んでいる。朱西の誤解と体調が心配でたまらなかったかのような、頼《たよ》りなく不安げな瞳だ。それが美しい。

「けれど、……良かった。お目覚めになって良かった」

理美は、泣き笑いのような顔をあげた。その健気《けなげ》な愛らしさに、もう我慢《がまん》できなかった。

（駄目《だめ》だ！）

そう思ったのに、細い肩を抱《だ》き寄せていた。

今はまだ祥飛のものでなくとも、明日はなるかもしれない。今夜かもしれない。今自分のものにしなければ、永遠に失う。自分のものにして、はたして自分や理美がどうなるのか考えられなかった。そんなことは、どうでもいいとさえ思えた。

「……朱西様？」

戸惑《とまど》う理美の声は震えていたが、かまうものかと強く抱く。彼女の首筋からは温かい微かな花の香《かお》りがした。腕に抱《かか》えている華奢《きゃしゃ》な体を離したくない。

「理美」

そう呼ぶ自分の声の切なさを耳にして、まるで自分の声ではないような気がした。思慮《しりょ》も忠誠心も、本能に押しのけられてしまった。なにかに取り憑《つ》かれたように思考が溶けていた。

「あなたが可愛《かわい》い。誰《だれ》よりも」

◆

抱きしめられてしばらくは、なにが起こったか理解できずにぽかんとした。しかしさらに強く抱きしめられると状況《じょうきょう》を理解し、全身が熱くなる。

「あなたが可愛い。誰よりも」

耳元で囁《ささや》かれた言葉に、耳朶《みみたぶ》が火傷《やけど》したようにじんじんした。それが愛の言葉だとわかった。

朱西が理美を抱きしめてくれたのは、祥飛と何事もなかったことを喜んでくれているからだ。

それは朱西が、理美のことを思ってくれているからだと——そう解釈《かいしゃく》できた。

(朱西様は恋《こい》知らずの博士のはずなのに、なんで)

自分に都合のいい解釈は戒めるべきだが、それ以外の理由は考えつかない。いかな理美でも、この流れで抱きしめられたらわかる。

(嬉《うれ》しい)

恋知らずの博士が恋したらしいことへの驚きとともに、素直《すなお》な気持ちがあふれる。

祥飛の時とは違い、朱西の腕の中から逃《に》げたくならない。そのことに驚き、自分の心を悟《さと》る。理美はきっとずっと前から朱西を慕《した》っているのだと。恋しているのだ。

「……わたしも。朱西様が」

遠慮《えんりょ》がちに彼の背に手を触れる。目が合うと、お互《たが》いに好意を抱《いだ》いていることが感じられた。

本当かと確かめるように微かに朱西が首を傾《かし》げたので、理美は頷《うなず》く。朱西が微笑《ほほえ》んだ。彼の眼差《まなざ》しに有頂天《うちょうてん》になりそうだ。優《やさ》しくも熱っぽい瞳に胸がどきどきして止まらない。以前、恋知らずの博士が恋したらどんな目をするのか想像したことがあった。そのとき思い描《えが》いたような、綺麗《きれい》で情熱的な瞳だ。

(こんな幸せなことが起きるなんて)

綺麗に整った朱西の指が理美の頬に触れる。滑《なめ》らかな指先の動きに胸は一層はげしく高鳴り、心臓が喉《のど》の奥で鼓動《こどう》しているような気がした。誘《いざな》うように、朱西の掌《てのひら》は理美の頬に軽く添《そ》えられ、彼の唇《くちびる》が理美の唇に触れようとした。その時。

「やめろ」

低い声が響《ひび》く。

理美と朱西は同時にはっとなり、声の主を探そうとした。しかしその前に、長椅子の脇《わき》に現れたがっちりとした影《かげ》が朱西の腕《うで》を摑《つか》み引きあげ、彼の頬を殴《なぐ》った。

「朱西様！」

理美は悲鳴をあげ、床《ゆか》に倒《たお》れこんだ朱西に駆《か》け寄ろうと長椅子を飛び下りた。しかしその行く手を、太い腕が遮《さえぎ》った。薄闇《うすやみ》の中、理美を見おろしているのは丈鉄だった。

「丈鉄様⁉」

なぜここに丈鉄がいるのかわからなかったが、とにかく朱西の側へ行きたくて、腕を回り込んですり抜《ぬ》けた。しかしすり抜けたと思った瞬間《しゅんかん》、強い力で二の腕を摑まれ、背後に引っ張られる。

「放してください！」

「駄目だ」

「でも朱西様が！」

「駄目だと言ってるんだ‼　朱西に近寄るな‼」

驚くほどの大声で一喝《いっかつ》され、びくりと身をすくませた。

「あんたは、わかっているのか！　あんたは後宮女官《にょかん》だ！」

丈鉄の言葉が、嬉しさで溶け崩《くず》れていた理性に鋭《するど》い一撃《いちげき》を加えた。

朱西は床の上で上体を起こし、呆然《ぼうぜん》と丈鉄を見る。

「丈鉄……どうしておまえが」

丈鉄の瞳には憤怒《ふんぬ》に似た色があった。理美と朱西を厳しく非難するような、ぎょろりとした恐《おそ》ろしい目をしていた。

「理美を見張ると約束したはずだ。まったく、真面目《まじめ》な奴《やつ》が恋すると、思い詰《つ》めるから始末が悪い。恋の相手は選べと忠告したはずだ」

丈鉄の表情は厳しい。

「朱西。陛下の気に入りの妃嬪《ひひん》を寝取《ねと》ってなんになる。全《すべ》てを擲《なげう》ってもよいと思うほど、恋に浮《う》かされたか。おまえはそれほど、愚《おろ》かではないだろう。理美も朱西のためを思うなら冷静になれ」

朱西のためという言葉にぎくりとなる。さっきまでの自分たちの行いを思い出しぞっとした。

（わたしは……なにをしようと……）

ぞっとすると同時に体の力が抜ける。ともすればその場に座りこんでしまいそうなほどの虚《きょ》脱《だつ》感には、微かな目眩《めまい》すら伴《ともな》っていた。

「後宮の女は女官であれど皇帝《こうてい》の所有物だ。その女に手を出せば、ただではすまないのはわかりきったことだ。あんたは朱西を縛《しば》り首にしたいのか。一緒に吊《つる》されるつもりか」

容赦《ようしゃ》ない丈鉄の言葉に、どんどん体が冷えていく。

そのことはよく分かっていたはずなのに、嬉しさに躍《おど》りあがり、恋に目がくらんで考えられなかった。己《おのれ》のあさはかさを悟る。

朱西の居場所は祥飛の傍《かたわ》らで、それを失うような真似《まね》をさせてはならない。

朱西も床に視線を落とす。彼もまた丈鉄の言葉で、理性を取り戻《もど》したのだ。

今の一瞬《いっしゅん》は、恋の魔物《まもの》が二人に取り憑いていたのだ。

「このことは誰《だれ》にも言わずにおいてやる。朱西、そして理美も。おまえたちの間には、なにもない。いいな」

丈鉄は理美の手首を握《にぎ》るとぐいぐいと引き、食学堂《しきがくどう》を出た。名残惜《なごりお》しさに戸口でふり返ると、朱西は後悔《こうかい》の念と理美と離《はな》れる痛みとをこらえるように俯《うつむ》いていた。

真夜中。雪が降っていた。しんしんと降る雪は全ての雑音を吸い取り、宮城を覆《おお》う。遅《おそ》くまで官吏《かんり》たちが仕事をしているのか、礼部《れいぶ》の建物の所々の戸の隙間《すきま》から明かりが漏《も》れ、白い雪の上に落ちていた。

回廊《かいろう》の脇に椿《つばき》の生け垣《がき》があった。赤い花が雪を被《かぶ》って寒そうだ。この真っ白い世界の中で、唯一鮮《ゆいいつあざ》やかに咲《さ》いた色彩《しきさい》は冷たい雪に凍《こご》えている。

それを見ると涙《なみだ》が出てきた。

（朱西様）

理美は朱西が好きだ。朱西も理美を好きになってくれた。けれどこの思いは許されない。

二人ともこの思いを殺し、以前と同じように食学博士と助手、あるいは皇帝に仕える臣下と皇帝の後宮に仕える女官として振《ふ》る舞《ま》わなければならない。

（そうしなければ、いけない）

朱西もわかっているだろう。朱西はそうするはず。だから理美もそうするのだ。

心に決めたが、ぽろぽろと涙がこぼれる。後から後からこぼれて、止まらない。

理美の手を引いて歩く丈鉄は、前を見つめながら諭《さと》すように言う。

「夢だったんだ。理美。夢だ。忘れろよ」

椿の赤は美しかった。

◆

（理美は、同じ気持ちだった）

信じられないが事実だった。まさかと思ったが、理美は遠慮がちに朱西に応《こた》え、身を任せる素《そ》振《ぶ》りだった。その幸福感があまりに強かったために、幸福感がもたらす現実の怖《こわ》さも、じわじわと朱西の中で大きくなる。

（俺はなんと馬鹿《ばか》なことをした）

食学堂に一人残された朱西は、己の馬鹿さ加減が信じられなかった。祥飛のために、理美のためにも、けしてやってはいけないことだったのだ。あまりのことに笑えてきた。

笑いながら、瞼《まぶた》をきつく閉じる。

「どうかしていた」

声に出して確かめる。本当に、どうかしていたのだと。祥飛と理美のあの現場を目撃《もくげき》してからずっと、もやもやしたものを抱《かか》え続け、煮詰《につ》まり、おかしくなってしまっていたのだ。

もし朱西が己の恋を通せば、理美はやっと異国で手に入れた居場所を失う。彼女から居場所を奪《うば》ってはならない。

丈鉄に殴られて目が覚めた。最初からわかっていたように、この思いは殺すべきもの。理美もきっとそうするだろう。

明日から理美に会うことがあれば二人とも以前と同じ、平気な顔をして会話するのだ。今あったこと、二人に通じた思い、全てなかったことにして。

二

泣き寝入《ねい》りした理美の頰《ほお》に、珠ちゃんは夜通し頰ずりしてくれた。その慰《なぐさ》めにわずかばかり癒《い》やされ、理美はうとうとした。すると朱西の姿を夢に見た。その度《たび》に「いけない」と夢の中で自分を叱責《しっせき》し、目を覚ます。

翌朝、いつものように珠ちゃんを伴って祥飛の私室へ向かう。毎朝恒例《こうれい》の珠ちゃん確認《かくにん》の儀《ぎ》式《しき》だが、珠ちゃんは今朝はすこぶる機嫌《きげん》が悪い。以前のように理美の裳《も》の中に隠《かく》れ、出てくる気配がない。近頃《ちかごろ》は祥飛の私室へ向かう道すがら、理美の手に抱《だ》かれるくらいには進歩していたのに。

(ああ……こんな時に限って、珠ちゃんの気分が乗らないみたい……。もし陛下の室に朱西様がいたら、どんな顔をしてお目にかかればいいのか)

侍官に導かれ「失礼します」と室に入ると、窓辺に丈鉄、奥には朱西がいた。二人の姿にどきりとして表情が強《こわ》ばったのが自分でもわかった。すると朱西が、まるで理美の表情など気がつかないように、いつもの柔《やわ》らかな微笑《びしょう》をした。

「おはようございます、理美。どうしました。今日は五龍《ごりゅう》の姿が見えませんが」

「あ、え、はい」

昨夜以前とまるで同じで変わらぬ朱西の態度に、理美の胸は微《かす》かに痛む。しかし同時に安堵《あんど》もして、微笑できた。これでいいと、心の中で理性が囁《ささや》く。

「今朝はご機嫌が悪いみたいで。裳の中です」

二人の様子を見守っていた丈鉄だが、安心したのか視線をはずして窓の外を見る。

すると寝室《しんしつ》の扉《とびら》が乱暴に開き、祥飛が飛び出してきた。彼は手紙らしきものを握っており、それを握りしめたまま怒鳴《どな》った。

「これはなんなのだ朱西！　朝一番に余に見せるものがこれか！　起き抜《ぬ》けに嫌《いや》がらせか！」

詰め寄られ、朱西は困ったような顔になる。

「陛下がお目覚めになって、真っ先にお知らせするべき事項《じこう》だったものですから」

「それはわかっている！　余が訊《き》いているのはなぜグルザリ・シャーが今日、余と会わぬのかということだ」

祥飛が床《ゆか》に投げ捨てた手紙が転々と転がって理美の足元に来たので、なにげなく拾って広げてみた。それは西沙国の使節グルザリ・シャーからの手紙で崑語で書かれている。代筆らしい。

今日は祥飛とお茶会という名の会議が準備されていたが、シャーは長旅で疲《つか》れているので延期して欲しい。なお、旅の疲れを癒やすためシャーは、安寧近郊《きんこう》の観光を希望している。適切な案内役と護衛を準備して欲しい。

手紙にはそんなことが書かれている。

さすがに呆《あき》れた。

要するに崑国に来たものの、交易について話題が出そうな皇帝との直接会談には応じない。けれどせっかく来たので、ちょっと観光をしたい。そういうことらしい。

（わぁ〜……。あっぱれなくらい、我が儘《まま》〜）

これは祥飛でなくとも怒《おこ》るだろう。

(グルザリ・シャー様って、いったいどんなお方?)

興味は湧《わ》くが、女官《にょかん》の理美が一人のこのこ双龍宮まで覗《のぞ》き見にいけない。

「どうなさいますか、陛下」

祥飛は呻《うめ》き、朱西を睨《にら》む。

「どうする、おまえなら」

「使節団はいつ帰国するか、まだ明言していません。昨日到着《とうちゃく》したばかりなのも事実ですし。今日は焦《あせ》らず希望に添《そ》った段取りを整えてもてなし、会談の機会はおりを見てまたこちらから申し出るのが最善でしょう」

「グルザリ・シャーは余を馬鹿にしている」

悔《くや》しげな祥飛の声に、朱西も難しい顔をする。

「否定できません。しかし強引《ごういん》に事を進めても、逆効果です。耐《た》えてください陛下」

「……わかった。もてなしの方法は、おまえに任せる。礼部と協議し、すすめろ。なにを使ってもなにをしても構わん」

憤《いきどお》りを飲みこむように答えた祥飛は長椅子《ながいす》にどさりと座り、ようやく理美の姿がそこにあることに気がついたらしい。すこしばかり表情が明るくなりかける。

「理美。五龍と来たのか……」

と、珠ちゃんの姿を捜《さが》して左右に目を走らせる。

「五龍はどこだ。理美」

「え……と。今日は、裳の中に」

祥飛は沈黙《ちんもく》した。理美は無理矢理《むりやり》引きつった笑顔《えがお》を作る。すると祥飛が、今まで聞いたこともないような長い長い溜息《ためいき》をついた。

「……またか。…………もう、いい」

疲れきったように頰杖《ほおづえ》をつく。丈鉄が取りなすように、卓子《たくし》の上に準備された朝餉《あさげ》の粥《かゆ》の蓋《ふた》を開いて言う。

「まあまあ陛下、そう気を落とさず。朝餉でもどうぞ」

「欲しくない。下げさせろ」

力なく払《はら》いのけるように手を振り、祥飛は肘掛《ひじか》けに顔を伏《ふ》せた。

全方位から侮《あなど》られ、馬鹿にされたような気分になっているのだろう。普段威張《ふだんいば》り散らしているだけに、ことのほか可哀相《かわいそう》だ。

(陛下。気の毒)

朱西も祥飛のしょげかえった様子を心配そうに見つめていた。

「もう、よい。朱西、理美。丈鉄もだ。皆《みな》さがれ。余はしばらく一人になりたい」

祥飛の命令で室を出ると、丈鉄はなにも言わず隣接《りんせつ》する控《ひか》え室に入った。回廊《かいろう》に立った理美と朱西は、ちらりと互《たが》いを探《さぐ》るように視線を合わせた。

「理美。平気ですか?」

優《やさ》しくいつもの調子で訊いてくれる。その瞳《ひとみ》の奥ではなにか言いたげだったが、朱西はけしてその隠したものは口に出さないだろう。理美もそれを察し、微笑み頷《うなず》く。

「はい。もう」

そのやりとりで、お互いがお互いの思いを殺そうと決意したことを察した。胸はしくしくと痛むが、それを無視する。痛みを見つめていたら、身動きが取れなくなってしまう。

「陛下が心配です。今夜の夜食も頼《たの》みます。陛下のお心が静まるような食材を考え、届けますから。あなたがそれを、陛下に饗《きょう》してください」

「はい」

朱西の選ぶ食材を、おいしいものにし、落ちこみがちな祥飛に饗すること。それが今の理美の務めであり、そして朱西と繋《つな》がっている場所でもあるのだ。

(作ろう。おいしいものを)

今一度自ら心に決め頷く。居場所を得るためのこれが唯一《ゆいいつ》無二の、確実な方法なのだ。恋《こい》に迷い居場所を捨ててはならない。朱西の居場所を捨てさせてはならない。

食学堂《しきがくどう》へ行ってもよかったが、理美は今日はその足で厨房《ちゅうぼう》へと向かう。

午後の遅《おそ》い時間にしか顔を出したことがなかったので、昼間の厨房の様子を知らなかった。

歩廊《ほろう》を歩いて近づいていくと、厨房内からは盛んに物音と話し声がしている。

戸口から覗きこみ、「わぁっ」と思わず声が出る。

壁際《かべぎわ》に並ぶ五つの竈全《かまどすべ》てに火が入り、その前に一人ずつ、白の袍《ほう》を身につけた料理人がいる。その中には高晋の姿もあった。彼らはしきりに竈の上で真っ黒い鉄の鍋《なべ》をふり、そこから湯気と食材が熱せられ弾《はじ》けるような音と、香《こう》ばしい香《かお》りが立っている。

中央の台にも数人が寄り集まり、手早く野菜や肉を切り分けている。包丁がすばやく動き薄《うす》く切られた根菜が山になっていく。台の一方の端《はし》では白磁の大皿が準備され、丁寧《ていねい》に盛り付けしている料理人もいる。二十一人の料理人がそれぞれの役割を担《にな》い、手順をこなしている。彼らの間を走り回る下働きの小僧《こぞう》たちは怒鳴られ汗《あせ》だくだが、「おい」と呼ばれると元気よく返事し、機敏《きびん》に応じる。

鉄鍋をふっていた高晋が、周囲に怒鳴る。

「おい、前菜、湯《タン》、終わっているか！」

「湯《タン》がまだです。湯《タン》に落とす肉団子がまだ」

声が返ってくると高晋は手を動かしながらも首《こうべ》を巡《めぐ》らし、

「おい、庚《こう》！　蒸《む》し菓子《がし》は後回しにしろ。肉団子を手伝え！」

と下働きに命じる。蒸し菓子の粉をふるっていた少年は「はい」と応じ、手伝いに走る。

(すごい。数種類の料理を大量に作るのは、こんなに段取りが大変なんだ)

朝餉が終わったばかりだというのに、もう昼餉《ひるげ》の準備が始まっているのだ。そうしなければ間に合わないのだろう。

崑国の食事は、朝餉と昼餉が基本。夜食はごく軽く済ませる。

特に昼餉はしっかりと食べるのが普通《ふつう》で、皇帝《こうてい》の食卓《しょくたく》には前菜、湯《タン》、主菜数品、食後の菓子、果物などが並ぶ。官吏《かんり》が同席することも多いので、基本的に十人前以上は必要らしい。

活気あふれる厨房の喧噪《けんそう》と湯気と香りに、理美は釘付《くぎづ》けになった。

和国で神の食事を整える時、穢《けが》れを禁じられているが故《ゆえ》に理美一人しか厨房に立てなかった。

崑国に来てからも、せいぜい朱西が一緒《いっしょ》にいるくらいだった。こんなに大勢の料理人たちが互いに役割分担し料理を作る様子を初めて目にしたのだ。

香ばしい、甘い、辛《から》い、様々な香りが立ちのぼる。

(この独特の複雑な香りを、崑国料理ではどうやって出しているのかな)

基本的な崑国料理は習ったが、宮廷《きゅうてい》料理人が作るような複雑玄妙《げんみょう》な香りや味は、独学で簡単に習得できるものではない。理美が作る崑国料理と、どこか香りの立ち方が違《ちが》う。

(陛下のお夜食を整える時、この崑国料理の特徴《とくちょう》を生かせたらもっと幅《はば》が広がる)

そう思ったからこそ、こうやって昼間の厨房に来たのだ。

しかしこうやって見ていると料理人たちの動きが興味深い。彼らが手にする食材やそのあつかいを必死に目で追う。

料理人の一人が理美の存在に気がついたらしく、高晋に何事か囁《ささや》いた。高晋はちらっとこちらを見たが、そのまま無視して仕事を続ける。理美は追い返されないのをいいことに、ずっとそこで彼らの仕事を見ていた。

厨房が落ち着いたのは昼餉の少し前。準備が整うと配膳《はいぜん》係の侍官が現れ、料理人たちの指示で順に料理を運ぶ。そして料理を全て運び終わると、料理人たちは三々五々、厨房から出て行った。

昼餉の後片付けは、下働きの少年たちの仕事だ。

厨房の嵐《あらし》のような忙《いそが》しさが去ると、高晋はようやくまともに理美の方へ顔を向けた。

「おい、いつまでそこにひっついてる。おまえは蟷螂《かまきり》の卵か」

「え？　はい。わたしですね」

蟷螂の卵とは、丸柱にしがみついてじっとしている理美のことらしい。

「なにしてる」

「見てました」

「それは俺にだってわかる！　なんで見てやがったのかって訊《き》いてんだ」

「興味深くて。香りが、わたしが作る崑国料理と違うから。どうやっているのか、見たくて」

そろそろと厨房内に踏《ふ》みこむと、下働きたちが片付けようとしているまな板や鍋を覗《のぞ》きこむ。下働きの少年たちは、中に入ってきた女官にどぎまぎしているようで、ちらちらと理美の方を気にする。

(香りを出すための基本は、葱《ねぎ》、大蒜《にんにく》、生姜《しょうが》。わたしが準備するものより、かなり細かく刻んである。これだけで、あんなに香りが違うのかな?)

まな板に残る食材の痕跡《こんせき》を観察していると、

「来な。宝林」

と高晋に呼ばれた。彼は顎《あご》をしゃくり、自分が平素詰《つ》めている西の室へと向かうので後を追った。高晋は椅子《いす》に座ると、自分の髪《かみ》を覆《おお》っていた白い布を外す。

「あの、なにか」

「香りが立たねぇのは、鍋の温度だ」

「へ?」

唐突《とうとつ》な言葉に目をぱちぱちさせていると、高晋が目をつり上げる。

「あんたの作る料理と俺たちの作る料理では、香りが違うと言いやがっただろうが!」

「あ、はい! 言いました!」

直立して返事をしたあとに、あっと声が出る。高晋は理美の疑問に答えてくれているのだ。

「かなり高い温度が必要だ。煮《に》えたぎるくれぇの油に、香味《こうみ》野菜を入れると強い香りが一気に立つ。香味野菜は細かくする必要がある。それと香味野菜はあんた、なにを使ってる」

「葱と大蒜と生姜を」

「他《ほか》にも香味野菜として使える野菜は結構ある。いろんな組み合わせがある。それはそこの棚《たな》にある書き付けにある。『香類集《こうるいしゅう》』ってやつだ。俺の書き付けだ」

驚《おどろ》き、理美はまじまじと高晋を見つめる。

「なんだよ」

気味悪そうな顔をするので、ほわりと笑う。

「朱西様は食学博士ですけれど、饗応《きょうおう》長は、崑国料理学博士です」

「はぁ、なんだそりゃ」

朱西は食材の効能を探究する学問をしているが、高晋は崑国料理を作るための研究をしていると言ってもいいのだろうと思う。彼は書き付けと言ったが、それは立派な書である。料理をものにするための手引きになり、それは学問の一つと思えた。学問とまでは言えずとも、大切な知識の蓄積《ちくせき》である。

にこにこしている理美にどう対処してよいものかと迷うように、高晋が顔を歪《ゆが》めたそのときだった。

「饗応長！」

下働きの少年が飛びこんできた。

「双龍宮から煙《けむり》が！　火事です！」

三

宮城内が騒然《そうぜん》となり、衛士《えじ》たちが一斉《いっせい》に南へ向かって駆《か》ける。

理美と高晋、下働きの少年たちも、きな臭《くさ》さが流れてくる南へ走る。視線をあげると、双龍宮の方向の空に白っぽい煙《けむり》が細く立ちのぼっていた。

双龍宮の門前に押し寄せた衛士たちが、中に踏みこもうとして戸惑《とまど》っていた。門前に西沙国人たちがいて、中に入ろうとする衛士と揉《も》めている。互《たが》いに母国語で喚《わめ》いていて、互いになにを言っているか分からないらしい混乱ぶりだった。「通詞《つうじ》を呼べ」と崑語で声がしている。

「何事ですか！」

聞き慣れた声がした。集まった衛士や官吏たちをかき分けて門に近づいていったのは朱西だ。礼部《れいぶ》で西沙国使節団の希望する観光の段取りをしていたはずだが、騒《さわ》ぎに気づき駆けつけてきたようだ。

朱西は門前の西沙国人たちに、西沙語らしき言葉でなにか告げた。すると相手方は顔を見合わせ、一人が奥へ入っていく。

双龍宮から立ちのぼる白い煙の勢いは、弱くなっていた。

暫《しばら》くして門前に現れたのは、細い袖《そで》つきの、体にぴたりと沿う裾《すそ》長の上衣《じょうい》を身に纏《まと》った男だった。上衣には隙《すき》なくびっしりと金糸銀糸の草模様が刺繍《ししゅう》され、その腰《こし》は絹の柔《やわ》らかな帯で締《し》めてある。足元に見えるのは細身の袴《はかま》の裾。革製《かわせい》らしき先の尖《とが》った沓《くつ》。耳には銀細工の飾《かざ》りをつけ、それが褐色《かっしょく》の肌《はだ》に映《は》えていた。年頃《としごろ》は三十歳をすこし越《こ》したところか。細身でしなやかな体つき。目鼻立ちは優《やさ》しげに整っており、微笑《びしょう》には高貴な柔和《にゅうわ》さが漂《ただよ》っていた。

彼が現れると、朱西が西沙国式の礼をとって深々と頭を下げた。その朱西の態度で、彼が何者なのか理美も悟《さと》ったし、周囲にいた全員もざわりとする。

「あれが西沙国使節か」

「グルザリ・シャーだ」

ひそひそと囁きかわす声が聞こえた。

グルザリ・シャーの背後には、シュリの姿があった。シャーは何事か朱西に告げ、シュリを手招きし自らの傍《かたわ》らに立たせると親しげにシュリの肩《かた》を抱《だ》いて微笑《ほほえ》む。

料理人に親しく接するその態度と笑顔《えがお》は、おおらかそうだ。しかしシュリもそうであったように、西沙国人が愛想《あいそ》はいいのに、けして自らの意志を曲げない頑固《がんこ》さがあるとするならば、その態度からシャーの性格を判断するのは難しい。

朱西は困ったような顔をして、シャーに何事か説明している。

(朱西様。西沙語も喋《しゃべ》れるんだ)

さすがに崑国一の博士と言ったところだろうか。シャーへの説明のために宮城の北側を指さし首《こうべ》を巡《めぐ》らせた朱西は、そこに高晋と理美の姿を見つけたようだ。高晋を指し示し、再びシャーになにかを言う。

シャーはシュリの肩を抱いたままにこにこしていたが、高晋と理美の方へ視線を向け、目を大きく見開く。視線はあきらかに理美に向いていた。シャーがさらに言葉を重ねると、朱西は首を横に振《ふ》った。何度もシャーは言葉を投げ、その度《たび》に朱西は首を振ったが、最後には根負けしたように頷《うなず》く。そして朱西は困惑《こんわく》した様子ながら、高晋と理美のところへ向かってきた。

「博士《はかせ》。なにがあったんですか」

高晋の問いに、朱西はうんざりしたような顔をした。

「シュリが双龍宮で調理をしていて、ちょっとしたぼやを起こしたのです。もう鎮火《ちんか》したようですが」

「双龍宮に厨房《ちゅうぼう》はないでしょう!」

仰天《ぎょうてん》したような高晋に、朱西は眉尻《まゆじり》を下げる。

「ええ。ですから彼は昨夜、庭院《にわ》に竈《かまど》のように石を組み急ごしらえの調理場を作ったようです。昨夜からそれを利用していたそうですが、昼餉《ひるげ》の後始末に失敗して」

「むちゃくちゃじゃねぇか」と高晋が呻《うめ》く。

「宮城内には、高晋の管理する厨房しかありません。ですから今後は、高晋の厨房をシュリに使わせることにしました。あなたには事後承諾《しょうだく》で申し訳ありませんが、勘弁《かんべん》してください。宮城が灰になりかねません」

西沙国使節団のやりように疲弊《ひへい》した朱西の顔を見ては、さすがの高晋も逆らえないらしく、低く呻くも「わかりました」と頷いた。

「理美」

朱西は、さらに申し訳なさを滲《にじ》ませて彼女の名を呼んだ。

「一緒《いっしょ》に来てくれませんか？」

「え……どちらへ」

「双龍宮の中へ。シャー様があなたを見て、女性がいるとお喜びになって。あなたは後宮女官《にょかん》で、陛下の夜食の準備に出てきているだけだと説明しましたが、それなら一層面白《おもしろ》いから話をしてみたいと……」

「えええっ！　無理です、そんな」

声がひっくり返り腰が引ける。

「もちろん急ぎ陛下の許可は頂きますが、きっと陛下はお許しになる。俺が通詞を引き受けます。一緒にいますから」

崑国外朝に女性はいない。西沙国使節団は、おそらく宮城内ではじめて女性の姿を見て、興《きょう》味津々《みしんしん》なのだろう。道すがら目にした街の女たちとは違《ちが》う、女官のきらびやかな衣装や髪飾《かみかざ》りも興味を惹《ひ》いたかもしれない。

（どうしよう）

皇帝《こうてい》祥飛をはじめ宰相の周考仁、官吏《かんり》たち、果ては鳳家や、豪商《ごうしょう》の馬維順までもが接触《せっしょく》し、その機嫌《きげん》を取りたがっているグルザリ・シャーと対面せよというのだ。怖《お》じ気付いてここで断れば、大切な客人の機嫌を損ねかねない。

（朱西様は陛下のために、一生懸命《いっしょうけんめい》西沙国使節団をもてなそうとしている）

しかも多少なりとも朱西の力になれるのならば、断るべきではない。

「朱西様。行くべきですか、わたし？」

問うと、朱西は苦しそうな顔をしたものの、「お願いできますか？」と答えた。それを聞いて心が決まった。

「わかりました。行きます」

「すみません。よろしくお願いします。こっちへ」

思わずのようにのばした朱西の手が理美の手に触《ふ》れた。その瞬間《しゅんかん》理美もそうだが、朱西も烈《はげ》しいしびれを感じたかのように手を引き、互いの目を見つめた。そこに流れた互いの思いが、胸に突《つ》き刺《さ》さるように甘い。

「朱西様」

「俺があなたの側《そば》を離《はな》れません。安心して」

朱西の声も言葉も心地《ここち》よかった。

◆

都大路は雪かきされ、濡《ぬ》れた石畳《いしだたみ》の路面が露出《ろしゅつ》していた。しかし脇道《わきみち》に入ると雪は路面を覆《おお》い、人の足跡《あしあと》や馬車の轍《わだち》が不規則に交差し、雪は土色に汚《よご》れている。それでも傾《かし》いだ軒端《のきば》や側溝《そっこう》を雪が覆い隠《かく》すので、安寧の都はいつもより清潔に見えた。

ことに酒楼《しゅろう》や茶楼《さろう》が立ち並ぶ歓楽街《かんらくがい》は、派手派手しい建物が雪を被《かぶ》ると、その下品な色が控《ひか》えめになりほどよい華《はな》やかさになる。

雪の轍を慎重《しんちょう》に避《よ》け、伯礼は一軒《いっけん》の茶楼へ向かっていた。体を覆う外套《がいとう》を身につけ、頭から顔にかけて、寒さよけをかねた布を巻いて顔を隠していた。伯礼の美貌《びぼう》は目立ちすぎる。昼間とはいえ連れもなく歓楽街に踏《ふ》みこんだら、よからぬ連中の気をひいてしまう。

茶楼は歓楽街の中でも比較的《ひかくてき》品のよい店らしく、給仕《きゅうじ》の女たちも清潔で隙のない身なりだった。ここへ伯礼を呼び出した者の名を女の一人に告げると、二階の室へ案内された。

扉《とびら》正面に立てられた衝立《ついたて》を回り込むと、窓際《まどぎわ》に火鉢《ひばち》と小さな円卓《えんたく》、椅子《いす》が置かれていた。

円卓には一人の老人が座っていた。

髭《ひげ》も頭髪《とうはつ》も白いが、肌には張りと艶《つや》があり、背筋も伸《の》び、かくしゃくとしている。こちらを見た目は鋭《するど》く、老いの衰《おとろ》えは感じない。

給仕の女が扉を閉めると、伯礼は顔を隠していた布をとり礼をする。

「お手紙を頂戴《ちょうだい》しました。内侍《ないじ》の蔡伯礼です。わたしに、なんの御用《ごよう》でしょうか鳳公《ほうこう》」

鳳寧孫《ねいそん》というのがその老人の名。鳳公と呼ばれる、龍家に並ぶ王族鳳家の長老である。現在祥飛の後宮にいる鳳碧秀《へきしゅう》――鳳徳妃《とくひ》の祖父に当たる人だ。

突如《とつじょ》、内侍監の伊文亮を通して伯礼あてに手紙が届けられたのは、二十日以上前。

鳳寧孫の名は知っていたが、面識もない相手からの手紙に面食《めんく》らった。さらに手紙には、伯礼に会いたいと書かれていたのだ。訝《いぶか》しんだ伯礼は、多忙《たぼう》を理由に面会することを先延ばしにしていたが、何度も手紙は届けられる。上司である文亮からも「鳳公と面会しろ」としつこく言われ、仕方なく会うことを了承《りょうしょう》した。

「座れ、伯礼。いや――『お座りください伯礼公子』と言うべきか」

伯礼は席に着く。警戒《けいかい》せよと知らせるような、嫌《いや》なざわつきを首筋に感じる。

「お茶は？」

「結構です。それよりもわたしに面会して直接話したいこととは、なんでしょうか。率直《そっちょく》にお願いできますでしょうか？　仕事が多忙ゆえ、そうのんびりとできません」

「それほど忙《いそが》しいのは、西沙国使節団と関《かか》わりがあってかな？」

「わたしは内侍です。外朝のことには関わりありませんが、後宮は常に忙しいのです」

そこで伯礼はいつもの魅惑的《みわく》で曖昧《あいまい》な微笑《びしょう》をたたえたまま小首を傾《かし》げる。

「見こみ違いでしたか？　わたしが西沙国とのつなぎ役になれるとでもお考えでしたか？　近頃《ちかごろ》は頻繁《ひんぱん》に鳳徳妃様にもお手紙を送っていらっしゃるのは、その関係でしょう。しかし残念ながら後宮は、西沙国の使節とはほとんど接触がありません」

「西沙国との交易は魅力《みりょく》だ。鳳家には守らねばならぬ誇《ほこ》りがあり、財力はその誇りを守るための力になるだけだがな。鳳家が最も尊ぶのは王族であることの誇り。西沙国の件だけでそなたを呼び出したのではない。率直に話そう。伯礼、帝位《ていい》につきたくないか？」

思いもよらない言葉に伯礼は目を見開く。

「おやまあ……なにを仰《おっしゃ》るかと思えば……」

開いた口がふさがらず、その先の言葉が見つからない。なんと不用意な発言だと、呆《あき》れるし驚《おどろ》く。しかし寧孫は茶を手にし、悠然《ゆうぜん》と口に運ぶ。

「そなたは今上《きんじょう》陛下に皇帝としての資質ありと思うか？　あの若さ、堪《こら》え性《しょう》のなさ、経験の浅さ、思慮《しりょ》の欠如《けつじょ》。先が思いやられると嘆《なげ》く官吏が幾人《いく》も、鳳家には頻繁に顔を出す。官吏たちは、より皇帝らしい皇帝が帝位につくことを願っている」

「即位《そくい》されてまだ一年。皇帝としての資質があるかなきかは、これから測るものでは？」

「見極《みきわ》めようと静観し、全《すべ》てが崩壊《ほうかい》した後に嘆いても遅《おそ》い。その前に皇帝たるに相応《ふさわ》しい候補がいるのなら、その者に帝位を譲《ゆず》り渡《わた》すべきというのが、嘆く官吏と鳳家の意見」

「皇帝たるに相応しい候補？　それが、わたし？」

くすりと伯礼は笑う。

「わたしよりも、青修様を見つけて連れ戻《もど》されてはいかがですか？　青修様の母君は、先々代の皇帝陛下の妹君。血筋的に皇帝となっても、なんらおかしくありません。実際先代皇帝陛下と青修様、どちらを皇帝にするべきかと意見が割れ、宮城内は二分したと聞いていますが」

寧孫の嫡子《ちゃくし》であった青修は、人品卑《じんぴんいや》しからず聡明《そうめい》で血筋も良かった。本来なら、先々代の皇帝の嫡子であった祥飛の父が帝位につくのは当然の流れだったが、青修があまりに抜《ぬ》きんでた人物だったため、宮城内では官吏を二分してのもめ事に発展したのだという。

王族であり、なおかつ当時、礼部尚書《れいぶしょうしょ》としても絶大な信頼《しんらい》を得ていた寧孫の嫡子青修と、皇帝の嫡子ながら凡庸《ぼんよう》な公子と、どちらを皇帝とするべきか、と。

しかしその一件は、青修の失踪《しっそう》で終わったらしい。青修は突如行方《ゆくえ》知れずとなり、その結果祥飛の父がすんなり皇帝となった。

「青修が行方をくらまして二十数年。既《すで》に生きておるまい」

「しかしもし青修様にお子などいらっしゃれば、そのお子も血筋としては、わたしよりも帝位に近い」

「いるかいないかもわからぬ子を捜《さが》すのは不毛。今ここには、そなたがいる」

苛立《いらだ》ったような寧孫を、伯礼は刺すような目で見据《みす》える。

「どうぞ鳳公、正直に仰ってください。政治の場から閉め出された鳳家が権力を維持《いじ》するために、後宮に碧秀様を送り込んだ。しかし陛下は四夫人《しふじん》の誰《だれ》が世継《よつ》ぎを産もうと、世継ぎは四夫人の子として育てると宣言した。ゆえに碧秀様が子を産んでも、その子を鳳家が操《あやつ》れない。手詰《てづ》まりになったから、別の大胆《だいたん》な道を模索《もさく》しているのだと。鳳家の権力維持のため、手っ取り早い駒《こま》が必要だと」

寧孫の代までは鳳家の直系は官吏として宮廷《きゆうてい》に仕え、寧孫自身も礼部尚書を務めた。しかし寧孫が引退すると同時に周考仁が宰相になったのが鳳家にとっては最悪の出来事だった。

鳳家の者が官職から追われたのだ。名誉《めいよ》ある相談役に任じられ、正一品《しょういっぴん》の最高の位を与《あた》えられながら、実質政治の場から遠ざけられた。すべて周考仁の謀《はかりごと》だった。なにかと政《まつりごと》に口を出し、皇帝即位《こうていそくい》に関しても嘴《くちばし》を容《い》れて掻《か》き回す鳳家は排除《はいじょ》されたのだ。

せめて鳳家の血筋の子が世継ぎになれば陰《かげ》で操れると踏んだが、それも蔡徳妃の死によりついえた。今度こそはと鳳徳妃を後宮に入れたものの、祥飛の突飛《とっぴ》な決断により、その道も断《た》たれた。

権力から遠ざかる気配に寧孫は焦《あせ》ったのだろう。そうでなければ伯礼に接触してくるはずはない。

「誤魔化《ごまか》しは不要か。そうだ。鳳家はこのまま、龍家の思惑《おもわく》のままに没落《ぼつらく》していくわけにはいかぬ。だから我々は、我々の血筋の皇帝を望む。伯礼。そなたには鳳家の血が入っている。そなたが望むなら鳳家はそなたに力を貸し後ろ盾《だて》となり、今上陛下に退位を迫《せま》り、そなたを皇帝の位に押し上げられる」

馬鹿馬鹿《ばかばか》しさに伯礼は顔を伏《ふ》せ笑い出す。鳳家の血と寧孫は言うが、その血は直系でもなんでもなく血族の一人というにすぎない。しかし伯礼を推《お》して帝位につかせれば、その恩義で帝位についた彼を思いのままに動かせるという算段だ。

老人の妄執《もうしゅう》と焦りが滑稽《こっけい》にすら感じる。

「なにがおかしい」とすごむ寧孫に、笑いをこらえながら答える。

「まさか、お忘れではないでしょう。わたしは宦官《かんがん》です。宦官は皇帝になれない」

「そなたは処分されるとき手心を加えられ、未《いま》だに男であると、まことしやかな噂《うわさ》がある」

「ただの噂です」

「信じられぬ」

「処分に立ち会ったのが、誰だとお思いです。周考仁ですよ」

「しかし火のないところに煙《けむり》は立たぬ。ただの噂では納得《なっとく》できぬ。この場で確認《かくにん》したい」

「確認？　わたしに脱《ぬ》げとでも？　そこまで辱《はずかし》めを受けるいわれはありません」

立ちあがると、伯礼は冷たい目で寧孫を見おろす。

「このことは、わたしの胸におさめておきます。しかし自重なさいませ鳳公。首が飛びますよ」

伯礼は背を向け、その場からすぐに立ち去った。

茶楼《さろう》を出て行く伯礼の後ろ姿を、軒下《のきした》の日陰《ひかげ》で見送っていた男がいた。丈鉄だった。

伯礼が人混《ご》みの向こうへ消えると、丈鉄も固く冷たい雪の轍《わだち》を踏《ふ》みしだき日向《ひなた》へ踏み出す。

「鈴《すず》が鳴ったな」と、彼はにやりと笑って呟《つぶや》いた。

四章◆美姫は国を動かすか？

一

双龍宮《そうりゆうきゆう》は国賓《こくひん》をもてなす宮殿《きゆうでん》。敷地《しきち》の中央に建つ客殿《きやくでん》の壁《かべ》は黒漆《うるし》を塗《ぬ》り、さらに金箔《きんぱく》を貼《は》った龍や麒麟《きりん》、鳳凰《ほうおう》の装飾《そうしよく》で飾《かざ》った、目がくらむほどの華《はな》やかさだった。

しかしその豪華《ごうか》な居室の外、陽《ひ》の光を入れるために開け放たれた戸の向こうに広がる庭院《にわ》は悲惨《ひさん》なことになっていた。本来ならば配された草木と石の上に雪が積もり、品良く華麗《かれい》な庭院のはず。しかし今庭院の中央の雪がかき分けられ、そこに庭石が集められて積まれ、竈《かまど》のような作りになっている。石は煤《すす》で汚《よご》れ周囲には灰が散り、焦《こ》げ臭《くさ》い。近くにあった立ち木と植えこみが丸焦《まるこ》げになっていた。周囲には鍋《なべ》や鉢《はち》がころがり、野菜の切れっ端《ぱし》が散っている。

「ああ……双龍宮の龍智庭《りゆうちてい》が……」

庭院の有様に、朱西は目眩《めまい》を感じたらしく額に手をやる。

しかし西沙国使節団の団長であるグルザリ・シャーは無邪気《むじやき》なもの。朱西と理美に座るようにすすめ、シュリに命じてお茶を運ばせた。運ばれてきた茶器は銀製で手元の器《うつわ》には細い取っ手がついている。そこに注がれたのは、白っぽく茶色がかった液体だった。熟成した茶葉の香《かお》りがする。口に含《ふく》むとまろやかな牛の乳の味がして、なおかつ蕩《とろ》けるほどに甘かった。刺激《しげき》的な香りがするのは、肉桂《にっき》と生姜《しょうが》だろうか。茶に香りをつけているのだ。

「おいしい」

理美の声に、正面に座ったシャーは笑《え》みを深くし何事か言う。隣《となり》の朱西がすかさず通訳した。

「西沙国の茶だそうです。発酵《はっこう》熟成した茶葉を煮出《にだ》し、そこに牛の乳と砂糖をいれています。香辛料《こうしんりょう》もすこし」

「まるでお菓子《かし》みたいです」

ほわりと笑うと、応じるようにシャーも微笑《ほほえ》み返してくれた。

傍《かたわ》らに立つシュリが話しかけると、シャーは驚《おどろ》いたように目を丸くし、理美に向かって何か言う。朱西が訳す。

「シュリが今教えてくれたが、あなたは和国人だったのかと、シャー様は仰《おっしゃ》ってますよ。そうは見えないと。和国のことはよくしらないと」

「西沙国の方はあまり御存知《ごぞんじ》ないんですね、和国のことって。小国だからですか？」

朱西に問うと、彼はすこし考えて答える。

「小国だからというよりは、地理的に遠いからでしょうね。なにしろ海を隔《へだ》てていますから。けれどだからこそ興味はあると思いますよ。今、なにか和国のものをもっていませんか？」

「あ、これなら」

袖《そで》を探《さぐ》り、小さな紙の包みを取り出す。香漬《かおりづけ》だ。お茶うけに毎日持参しているのだが、今日は食学堂《しきがくどう》へ行かなかったので、そのまま持ち歩いていた。「それは珍《めずら》しがられますね」と請《う》け合った朱西は、これは和国の食べ物だと西沙語で告げる。

理美が包みを開くと、シャーとシュリが興味深げに覗《のぞ》きこむ。

「どうぞ、召《め》し上がってください」

その程度の崑語はわかるらしく、シャーもシュリも興味津々《きょうみしんしん》の様子で香漬をつまむ。そりそりと嚙《か》み砕《くだ》き、主従は顔を見合わせる。シャーが微笑み一言言う。「おいしい」とか「いけるな」とか、そんな雰囲気《ふんいき》の言葉とわかった。

「シャー様は崑国以外に旅されたことがありますか?」

理美が問うと朱西が訳す。シャーは笑顔で答えると、それも朱西が訳す。

「南小三国と呼ばれる、貿易相手国へは行ったことがあるそうです。シャー様は西沙国皇帝の弟殿下なので、小三国へは頻繁《ひんぱん》に視察に行かれるとのこと。和国にもそのうち行ってみたいと仰ってますよ」

「わぁ、ぜひ。和国にはわたしの姉もいます。とても美しい人です」

朱西が訳すと、シャーは笑って理美の頰《ほお》にちょんと触《ふ》れた。

「あなたも可愛《かわい》らしい、と仰いましたよ」

理美への触れ方が、可愛らしい子犬をあやすような仕草だったので朱西は苦笑いする。

シュリが悪戯《いたずら》っぽい笑顔でつけ足す。

「今の可愛いは、小さな女の子に使う可愛いだ。シャー様には、あなたが子供に見える」

シャーがシュリの手の甲《こう》を軽く叩《たた》き、何事か言って笑う。

（ずいぶん気さくなお方）

料理人のシュリに対しても威張《いば》ったところはなく、親しみをこめた態度で接している。理美に対してもそうだ。我が儘《まま》放題の要求をするので、どんな傲慢《ごうまん》な人かと思えばさにあらず。気さくで分け隔てなく、明るい。好感が持てる人物だ。

場になごやかな空気があふれたところで、使節団の青年が室に入ってきた。青年はシャーの耳元に何事か囁《ささや》いて伝えた。一瞬《いっしゅん》だけ彼の顔から表情が消えたが、すぐに微笑を取り戻《もど》し、身《み》振《ぶ》りで「入れ」というような合図をした。青年は頷《うなず》くとさがり、すぐに別の人物がやって来た。

「陛下！」

居室に踏みこんで来たのは祥飛だった。背後に数人の侍官《じかん》を連れ入室してくる。

朱西も理美も慌《あわ》てて立ちあがり礼をとるが、シャーはあわてず悠然《ゆうぜん》とたちあがり、微笑みながら祥飛の方へと向き直る。

「双龍宮でぼや騒《さわ》ぎがあったと聞いて、見舞《みま》いに参った。シャー殿《どの》はお怪我《けが》はないか？」

祥飛の問いを朱西が訳した。シャーは微笑み、肩《かた》をすくめ、大事ないといったような仕草をする。

「もしよければ庭院を整えさせよう。その間騒がしかろうから、開明殿《かいめいでん》でお茶でもさしあげる」

祥飛の提案を朱西が訳すが、シャーは微笑み首を横に振《ふ》る。朱西は眉《まゆ》をひそめつつもシャーの言葉を伝える。

「陛下。シャー様はこのままでよいと。お茶のお招きも遠慮《えんりょ》すると。疲《つか》れているので、ゆっくりお休みになりたいそうです」

（ぜんぜん疲れてる様子はないし、休んでもなさそうだけどなぁ……）

元気そのもので血色の良いシャーの横顔。理美がそう思うのだから、当然祥飛もそう思ったらしい。微《かす》かに唇《くちびる》を噛む。

「……馬鹿《ばか》にしおって」

「陛下」

祥飛が細く漏《も》らした声を、朱西が鋭《するど》くいさめる。

「わかったと伝えろ。シャー殿にお怪我がなければ良い、と。余は帰る。朱西、そなたにはまた相談がある。ともに参れ」

身をひるがえした祥飛の背に、シャーは西沙国式の礼を送った。朱西はシャーに祥飛の言葉を伝えると、主《あるじ》に呼ばれ急ぎ退席する旨《むね》を告げたようだ。気にするなと言った手ぶりのシャーに西沙国式の礼を返し、理美に向き直る。

「理美。俺は陛下に呼ばれたので退席します。あなたも一緒《いっしょ》にと思ったのですが、シャー様があなたともうすこし話したいと仰るので、追って通詞を寄こします。すみません。俺が一緒にいると約束しておきながら」

「いいえ。陛下がお呼びになっているんですから……行かれるのは当然です」

視線を交《か》わすと、胸が甘く痛い。朱西もすこし切ない目をした。

「ありがとう理美。困ったときには、すぐに俺を呼び出してください。駆《か》けつけます」

今一度シャーに軽い礼をとり退室した朱西の背中が見えなくなっても、理美は彼の幻《まぼろし》を追うようにじっとなにもない空間を見つめていた。すると、

「朱西はあなたの恋人《こいびと》かな？　理美」

背後から、崑語で話しかけられた。

「え⁉　まま、まさか！」

シュリだと思い慌ててふり返ると、ゆったりと椅子《いす》に腰《こし》かけたシャーが、銀の茶器に手を伸《の》ばし微笑みながら口を開く。

「おや、違《ちが》うのか。わたしには二人が恋人同士に見えたが」

シャーが、流暢《りゅうちょう》な崑語で話していた。

「……え……シャー様？　……崑語」

目が点になる。

（シャー様が崑語を……。崑語……崑語、喋《しゃべ》れるじゃない！　うわぁあ〜、うわぁあ〜。なんてなんて、食えないお方なの〜）

思わず訊《き》いてしまった。

「シャー様。なんで崑語が話せないふりなんか、なさってるんですか……」

シャーは快活な笑い声をあげる。

「話せたら、面倒《めんどう》で込み入った話し合いをしなきゃならないからに決まってるだろう」

「じゃあ、なんでわたしに崑語で」

「まどろっこしくてね、通詞を介《かい》して話すのが」

いたずらっ子のように片目を閉じて、

「あなたの報告で、わたしが崑語を話せると崑国側が知ったとしても、わたしは話せないと言い張るから問題ないしね。崑国側は『話せるくせに！』と内心憤慨《ふんがい》しても、あからさまに責められやしない」

と、悪びれもせずに言う。その事実に驚き呆《あき》れ声が出ない。シャーは「まあ、くつろいで。和国の姫君《ひめぎみ》」と流暢に崑語で告げると、再度座るように促《うなが》した。

「せっかくのお茶の時間だ。肩の力を抜《ぬ》いて楽しみなさい。通詞が来たら追い返してあげるから、ゆっくりすればいい。おまえも座れシュリ。みなも、おいで！」

室の奥へ向けてシャーが呼びかけると、わらわらと使節団の人々が出てきた。外交官や武官

と名乗る青年も交じっていたが、あきらかに身の回りの世話係といったような少年たちもたくさんいた。彼らは卓子《たくし》の上の茶器に勝手に茶を注ぎ手にすると、皇帝《こうてい》の弟殿下《でんか》であるシャーの周囲でわいわいと話を始める。

集まってきた連中が話す言葉は、西沙語なのでなにを話しているのか理美にはわからない。だが気軽な雑談だろうと察しはつく。少年同士がふざけ笑い合っていたりする。

(シャー様は皇帝の弟君。なのに下働きたちも交じってのお茶なんて許されるの?)

皇帝の弟殿下のお茶の時間に、外交官や武官はともかく、下働きの少年たちも交じるのは習慣の違いだろうか。

「言っておくよ。これは西沙国では普通《ふつう》じゃない。シャー様は特別」

理美の驚《おどろ》いた顔を見て取ったのか、シュリが話しかけてきた。

「特別?」

「王族のお茶の席に、僕も普通は近寄れない。直接話すのも特別なときしか許されない」

「じゃあ、なんで」

「シャー様は自分の周りにいる者には、なんでも許す。シャー様だけは特別。シャー様は区別するのを嫌《きら》う」

「変わり者ということ?」

「そう。でも皇帝陛下はシャー様を頼《たよ》りにしてる。シャー様は賢《かしこ》い。でも『拾い物がお得意』

と悪口を言う奴《やつ》もいるけど」

「拾い物？」

「僕たち」

シュリは皮肉げに口元で笑う。

「どういう意味？」

「あなたをここに残してお茶を飲ませているのも、シャー様は、和国から送られてきた姫《ひめ》を可《か》哀相《わいそう》に思って、拾ったような気分になってるから。きっとそうだね」

そのとき、

「お茶は足りている？　理美」

世話係らしい少年三人に囲まれていたシャーが、理美を気遣《きづか》い声をかける。

「ありがとうございます、足りています」

「先ほどの和国の食べ物、まだある？」

「後宮に帰ればありますが」

「よければ、またここへ持って来てくれるか？　食べたい」

シャーの言葉に、シュリが目を見開く。

「あんな奇妙《きみょう》なものが、それほどお気に入りですか。シャー様」

「珍《めず》しくてな」

シャーは笑う。彼の周囲にいる少年たちはシャーの視線を引き戻《もど》そうと声を高くし、シャーの肩《かた》に手を触《ふ》れる。注意をひかれ、彼は少年たちに向き直る。

賑《にぎ》やかで、なごやかだ。

(使節のシャー様と崑国の思惑《おもわく》とは、なんて違いかしら)

痛感するのは、シャーと祥飛の構え方の違いだ。一方は札遊びをする気分で座っているのに、一方は剣《けん》の稽古《けいこ》をするつもりで剣を手にして身構えているようなもので、これほど心構えが違う者同士が相対しても、話し合いにすらならないだろう。

暫《しばら》くすると、理美は立ちあがった。

「帰ります。そろそろ陛下の、夜食の準備をしなければならないので」

暇《いとま》を告げると、シャーはまたいつでもおいでと言ってくれた。

双龍宮《そうりゅうきゅう》を出て厨房《ちゅうぼう》へ向かっていると、背後から軽い足音が駆けてきた。ふり返ってみるとシュリだった。蓋《ふた》のついた大きく頑丈《がんじょう》そうな木箱を抱《かか》えている。

「どうしたの」

「僕もこれからシャー様とみんなの夜食を作る。朱西様が今夜からは厨房を使えと言った」

「ああ、そうね。ぼやを起こしたから……。それは材料？」

「香辛料《こうしんりょう》。食べ物は厨房でもらう」

厨房を使うことを高晋は認めたが、それは致《いた》し方なくだ。あの場所でシュリが調理をするとなると、一悶着二悶着《ひともんちゃく》は起こるかもしれない。

「シャー様は崑国料理がそんなにお嫌いなの？」

「嫌いでも好きでもない。食べろと言われれば、食べる。何度も食べたことがあるから。でもそれだけで特に崑国料理に興味はない。僕の西沙国料理は好きだって言う」

嬉《うれ》しそうな顔をする彼が微笑《ほほえ》ましい。

「シュリは、シャー様が大好きなのね」

「好きだ。大好き。だって……」

臆面《おくめん》もなく言い、雪の降り積もった笹《ささ》の葉へ目を向ける。

「拾ってもらったから」

「拾ってもらった？　さっきもそんなこと言ってたけど」

「僕も他《ほか》の子たちも、普通なら王族に仕えられる身分じゃない。行《ゆ》き倒《だお》れだったり、捨てられたり、売られる直前だったりした奴らばかりだから。そんな子を見つけるとシャー様は拾って自分の世話係にしたり、料理番にしたり、馬番にしたりする」

そこでシュリは不満そうに口を尖《とが》らせた。

「でもシャー様は拾いすぎ。いっぱい拾うからわけがわからなくなって、時々僕の名を間違《まちが》える」

（可愛《かわい》い。子供みたい）

主人が名前を間違えると不平を漏《も》らす青年は泣きぼくろのせいか、ともすれば色気すら感じる容姿だが、この時ばかりは少年のように可愛らしく見えた。

「大好きな相手に、間違われるのいやよね」

「いやよりも、心配だ」

「心配？　なにが」

「僕がいることを、忘れられそう」

瞳《ひとみ》によぎったのは、子供っぽい不満ではなく強い怯《おび》えだ。彼はシャーに拾われたと言ったが、彼に拾われるまでどんな生活をしていたのだろうか。拾ってくれた主人に存在を忘れ去られるかもしれないと、そんな怯えを抱《いだ》くのは、拾われるまでの過去が影響《えいきょう》しているのかもしれない。けして楽な人生ではなかったと想像できるから。

「だからいつもシャー様が大好きな料理を作る。毎日おいしいものを食べれば、僕のことは忘れない。でしょう？」

笑うと目元に笑い皺《じわ》が寄る。シュリの求めるものは、理美が求めるものに似ている気がした。おいしい料理を作って誰《だれ》かを喜ばせたい。シュリの場合はシャー限定なのだろうが、その思いはよくわかる。

シャーは食えない性格らしいが、人を区別することが嫌いで、捨てられた子を拾ったりする。身近にいる下働きたちに好かれるのは良い主人だ。

（グルザリ・シャー様は良いお方なのかもしれない。けれど、あまりにも陛下と違《ちが》うし、話し合いをする気は毛頭ない）

どうすれば良いのだろうかと、いらぬことが心配になる。西沙国との交渉《こうしょう》を成功させるのは、朱西の役割でもあるのだ。今、理美が知った様々な事情で、すこしでも朱西の役に立てないだろうか。

二

厨房に到着《とうちゃく》すると、シュリは中央にある台に抱えていた箱を置き、蓋を開く。複雑で刺激《しげき》的な香《かお》りが立ちのぼる。理美は思わず箱を覗《のぞ》きこんだ。

「すごい。この香辛料は何種類あるの？」

箱の中には小さな壺《つぼ》がぎっしり並び、それぞれに鮮《あざ》やかな赤、黄、緑、茶と細かな粉に碾《ひ》かれた香辛料が詰《つ》まっていた。

「約三百」

「全部使うの!?」

「一度には使わない。組み合わせる。十種類くらいは混ぜる」

西沙国料理は、見たことも食べたこともない。十種類もの香辛料を駆使《くし》して作られるものがどんな料理か、想像もつかないからわくわくする。

「今夜はなにを作るの?」

「豆のカリー」

豆は崑語だったが、その下の単語は西沙語で耳に馴染《なじ》みがない。

「カルイって?」

「カリー。カリーだよ。カリーは、香辛料を使った煮込《にこ》み料理。一気にたくさんできるから、使節団のみんなの分が一度に作れる」

「へぇ。見ていい? わたしも今からここで、陛下のお夜食を作るし」

「いいよ。秘密の技《わざ》なんかない、普通《ふつう》の西沙国料理だ」

厨房の西にある高晋の詰めている小部屋には、蠟燭《ろうそく》の明かりが揺《ゆ》れていた。理美が覗くと、高晋はいつものように文机《ふづくえ》に座って帳簿《ちょうぼ》らしきものを開いていたが、顔には「ものすごく気にくわない」と書いてあるかのように不機嫌《ふきげん》だ。いつものようにその横顔に許しを請《こ》う。

「厨房を使います」

「勝手にしろ」

厨房では、シュリはご機嫌で香辛料を箱から取り出している。

「それと昼間に朱西様が仰《おつしや》っていたように、西沙国の料理人シュリが、これから厨房を使います」

「崑国料理なんぞ食えねぇとぬかした小僧《こぞ》っ子なんぞ、くたばれ！　でも博士《はかせ》が許したんだ！　勝手にしろ」

八つ当たりに首をすくめ、「申し訳ありません。使います」と言って顔を引っ込めた。

(饗応長《きょうおう》が怒《おこ》るのも無理ないわよね～)

自分の国の料理を頭から否定されれば、腹も立つだろう。

理美もシュリの態度は頑《かたく》なすぎるとは思うが、未知の料理を見られるのはまたとない機会だ。高晋には悪いが、楽しみでならない。

シュリは火種の場所や調理器具の場所、食材の保管場所などをざっと理美から教わると、すぐに作業に取りかかった。

乾燥《かんそう》した豆を保存庫から探しだし、水に浸《ひた》す。火種を熾《おこ》して竈《かまど》に火をつけると、火が大きくなるまでの間に持参した香辛料を十種類以上取り出し、混ぜ、すり鉢《ばち》で細かく砕《くだ》く。

厨房の中に刺激的な香りが漂《ただよ》う。

(今まで知らない香り。すごくいい香り)

食い入るように見つめていたが、すぐにはっとする。好奇《こうき》心を満足させているばかりでなく、自分の務めも果たさなければならない。祥飛の夜食に取りかかる。

食材は朱西が届けてくれているはずだと厨房内を見回すと、小さな籠《かご》が水場に置かれている。籠が微妙《びみょう》にぐらぐら揺れている。恐《おそ》る恐る覗いてみると、小さな蟹《かに》がいっぱい入っていた。籠の傍《かたわ》らに朱西の手による走り書きが置かれていた。

『河蟹《がに》です。冬場は川岸の泥《どろ》の中に眠《ねむ》っているものを掘《ほ》りだした貴重食材です。体の調子を整え、精神を安定させる効能があります。ただし殻《から》ごと食べる必要があります』

「殻ごと……」

蟹の甲羅《こうら》を突《つつ》いてみると、案の定《じょう》かちかちだ。かなり固い。

(しかも泥の中にいるなら、きっと泥臭《どろくさ》い)

甲羅は油で二度揚《あ》げすれば、パリパリと食べられるはず。しかし問題は泥臭さ。揚げたとしても、蟹の甲羅は茸《きのこ》のように細かくできるほど柔《やわ》らかい食材ではないので、あれと似た方法で臭《にお》いを封《ふう》じるのは難しい。できたとしても、似たような調理方法だと祥飛は飽《あ》きてしまうだろう。

考え込む理美の背後で、シュリは細かく砕き混ぜた香辛料《こうしんりょう》を、火にかけた空の鍋《なべ》の中へ入れていた。するとさっきとは比べものにならない、とてつもなく強い香りが立ちのぼる。

「すごい香り」

思わずふり返って呟《つぶや》く。香りに引きつけられたのか、西の小部屋に籠《こ》もっていた高晋が出入り口からにゅっと顔を出し、目を丸くしていた。

理美と高晋の驚《おどろ》きと好奇心の視線を受け止め、シュリは自信ありげに口元で笑う。空鍋で煎《い》った香辛料を皿に移すと、同じ鍋に玉葱《たまねぎ》や大蒜《にんにく》を入れて炒《いた》め始める。延々と炒める。材料が茶色く焦《こ》げる直前になるまで、くたくたに炒める。

「あんなにしちまったら、香味《こうみ》野菜の味が消えるぜ」

高晋が不可解そうに言う。崑国料理において香味野菜は、その独特の香りを最大限に引き出すのが役割だ。確かにあれほどくたくたに炒めてしまったら香りは消える。

「香りは香辛料で出る。これは深みと甘みのため」

シュリは水で戻《もど》した豆を鍋に入れた。水を入れ、香辛料を入れる。ふわっと香りが立つ。一混ぜして煮《に》え立つと、刺激的な香りが強くなる。

和国料理とも、崑国料理とも違う。独特の香《こう》ばしい香りは食欲《しょくよく》を刺激し、理美の興味をかき立てる。理美のみならず、きっと誰もが興味を惹《ひ》かれる香りだ。その証拠《しょうこ》に高晋も、顔を引っ込めず食い入るように竈を見つめている。

（これが西沙国料理。様々な国が求めている香辛料を、ふんだんに使った料理。どんな国の人だって、こんな良い香りをかいだら興味津々《きょうみしんしん》になっちゃう）

そこで理美は、さっきのシュリとの会話を思い出す。シャーは崑国料理を好きでも嫌《きら》いでもない。ただ興味がないと言っていた。崑国は西沙国の香辛料に興味津々だが、西沙国の使節グルザリ・シャーは崑国に魅力《みりょく》も感じていないし興味もないのだ。

それが崑国と西沙国の態度と熱意の違いで、対話すら成立しがたい要因なのだ。

（興味がない……）

そこで、はっとした。

「シュリ！」

シュリに駆《か》け寄った。

「ねぇ、西沙国料理。その料理、今教えて！　お願い！　今から陛下のために作るお夜食に、西沙国風のものをお出ししたいの」

「なんで？」

「だって、おいしそうだもの」

素直《すなお》な言葉で告げると、シュリはまんざらでもなさそうに頷《うなず》く。

「おいしいよ。味見る？」

カリーなる煮込み料理の汁《しる》を皿に移すと、差しだしてくれた。口をつけるとぴりっとする刺激といっしょにえもいわれぬ鼻に抜《ぬ》ける香りが立つ。あまりの香りのよさに、ほっと溜息《ためいき》が出る。

「なんていい香り」

「教えるよ、それ」

「ありがとう。それで、わたしはあの蟹を材料にしたいの。大丈夫《だいじょうぶ》かしら？」

「カリーはなんにでもよくあう……いや、あわせられる」

嬉《うれ》しげにシュリは微笑《ほほえ》む。

なんという幸運だろうかと、胸が躍《おど》った。もしかしたら今夜、祥飛の口を満足させるだけでなく、朱西と祥飛を悩《なや》ます問題解決への糸口を見つけられるかもしれない。

大鍋《おおなべ》で油を熱すると、蟹をまるごとのまま油に入れて素揚《すあ》げにした。一度じっくりと火を通し油から引きあげると、今度は鍋の位置を調整し、油を熱く熱くして、一度揚げた蟹を再度投入。烈《はげ》しく泡立《あわだ》つが、それを短時間でさっと引きあげた。

これで下準備ができた。理美はさっきシュリがやったように、香味野菜を刻むと、鍋で念入りに炒める。

◆

「無礼にも程《ほど》がある！」

祥飛は喚《わめ》き続けていた。

「あんな無礼な使節団は今すぐ宮城から追い出す！　西沙国人など見たくない！」

「陛下。そんなことをなされたら、どうなるか」

捕《と》らわれた獣《けもの》のように、いらいら歩き回る祥飛を、朱西は必死に宥《なだ》めようとしているらしい。

「わかっている！」

諭《さと》されるまでもなく祥飛にもわかっていた。怒《いか》りのままに振《ふ》る舞《ま》えば、せっかく西沙国使節団を招いたのに、なんの実績も作れなかった無能な皇帝《こうてい》と囁《ささや》かれるのは目に見えている。

だから双龍宮から朱西を連れだし、どう対処すべきか相談しようと考えた。だが居室に帰ると腹立たしさは極限に達し、朱西に向かって怒鳴《どな》り散らしていた。これは完璧《かんぺき》な八つ当たり。

長椅子《ながいす》に身を投げ出し、天井《てんじょう》を仰《あお》いだ祥飛は、己《おのれ》の不甲斐《ふがい》なさに唇《くちびる》を噛《か》む。

「グルザリ・シャーは、こちらとまともに向き合う気すらない」

その呟きに朱西は「おそらく、そうでしょう」と、残念そうに答えた。

「向き合う気もない相手と、どう対話しろと？　どう交渉《こうしょう》しろと？　教えろ朱西」

「西沙国が使節を送ってきたのは、崑国との国交樹立にはまったく乗り気でないものの、あまり無下にあつかって崑国との関係を悪化させるのもまずいと考えたからでしょう。そんなおざなりな態度の使節団ですから、交渉が困難なのは最初からわかっていたことです」

「では侵攻《しんこう》すると脅《おど》す」

「地理的に西沙国に攻め込むのは利薄《うす》く、現実的ではないです。侵攻を駆け引きの道具に出《せ》すということは、それが現実になる可能性もあります。西沙国との駆け引きで引っ込みがつかなくなり、西沙国に攻め込むことになったら、崑国内からはかなりの批判があがるでしょう」

「だからどうすればいいと訊《き》いているのだ！」

朱西は首を横に振る。

「俺にもまだ名案は浮《う》かびません。そもそもグルザリ・シャーという方の人となりも考えも、よくわからないのですから。時間が必要かと」

「そうしているうちに奴《やつ》らは帰国するぞ」

幼い頃《ころ》から側《そば》にいる朱西に対しては、こうやって我が儘《まま》放題にふるまっても許される安心感がある。信頼《しんらい》できる人間が少ない祥飛にとって、朱西が唯一《ゆいいつ》信頼できる人間だ。兄のように慕《した》わしいと感じることすらあるが、朱西の方は臣下としての立場は崩《くず》さず、馴《な》れ馴れしく振る舞ったことは一度もない。それが信頼できると思うところでもあり、寂《さみ》しいと思うところでもある。

「そうですね……なにか方策を」

朱西も考え深げに目を伏《ふ》せた。祥飛も朱西もあれこれと意見を出し合うが、結局はシャーの態度の問題だ。彼の態度を改めさせる方法など、容易にあるはずがない。二人とも行き詰《づ》まり、絶望的な沈黙《ちんもく》が落ちてきたとき、どこからともなく香《かお》ばしい香りが漂《ただよ》ってくる。

戸の外で理美の声がした。

「陛下。お夜食をお持ちしました」

いつの間にか日が暮れていたようだ。「入れ」と告げると、理美がいつものように静々と、夜食を入れた器《うつわ》を手にして入ってくる。

無意識に祥飛は、朱西の様子を確認《かくにん》してしまう。もし彼らがなにか思いを通わせているのであれば、祥飛はどうするべきなのか。ずっと心の隅《すみ》で気にしていた。

しかし朱西は無表情に理美を見守っているだけだし、理美の方も朱西にちらりと目をやり、目が合うと小さく会釈《えしゃく》を返しただけだ。

二人ともごく自然に、適度な距離感《きょりかん》を保っている。

(理美？　朱西も)

特に朱西を慕うような仕草や表情は、理美から感じ取れない。同じく朱西も、まったくいつもと変わりない。

(理美が朱西を慕っていると思ったのは、余の勘違《かんちが》いなのか？)

あのとき理美は、きわどい場面を見られたことが恥《は》ずかしかっただけかもしれない。あれを見られたのが朱西だったからではなく、丈鉄でも伯礼でも、同じような態度になったかもしれない。

そして朱西にいたっては、相変わらずの恋《こい》知らずの博士の横顔だ。

(そうであるならば……)

心の底から安堵《あんど》する自分を発見し、苦笑《くしょう》する。

今、こんなことで安心している場合ではない。祥飛の目の前には西沙国使節という、難題が立ちはだかっているのだ。

理美が卓子《たくし》に置いた器からは、今まで経験のない香ばしい香りが立ちのぼっている。

朱西も珍《めずら》しそうな顔をして器を見つめている。

「お話し合いの途中《とちゅう》ですか？　お夜食はあとになさいますか？」

「いや、いい。いま食べる。朱西、おまえも同席しろ」

「はい。しかし、これはなんですか？　今夜は確か、俺が準備した食材は河蟹《がに》だったと。こんな香りがする食材ではなかったはずですが」

「河蟹です」

ほわりと笑い、理美は二人に「どうぞ」と席に着くようにすすめる。器の蓋《ふた》を開くと、さらに強い香りが立ちのぼった。目を見開く祥飛と朱西に、理美は嬉しげに告げた。

「西沙国風の河蟹料理です」

「西沙国風だと？」

あからさまに祥飛は拒絶《きょぜつ》感を示した。自分に無礼の限りを尽《つ》くす国の料理など、腹が立つだけだ。しかし理美は、「おいしいですよ」と無邪気《むじゃき》に言って、皿に料理を取り分けた。

祥飛の目の前に饗《きょう》されたのは、掌《てのひら》の半分ほどの大きさの小さな蟹が、なんとも言えず香《こう》ばしい、香辛料《こうしんりょう》とともに煮込《にこ》まれているものだった。あまり気は進まなかったが、その香ばしさに興味を惹《ひ》かれ箸《はし》を手にした。

口に運ぶと、強い香りが鼻に抜ける。蟹はぱりぱりと砕《くだ》け、その香りとともに咀嚼《そしゃく》すると甘みが感じられ、同時にぴりっと刺激《しげき》もあり、なんとも不思議な味わいだった。そしてとてつもなく後を引く。

「おいしいですね」

料理を口に運んだ朱西が、驚《おどろ》いたような顔をする。

「この河蟹はかなり泥臭《どろくさ》いはずですが、気になりません。香辛料の効果ですか」

「シュリが調合した香辛料をわけてもらいました。西沙国では家庭的な味わいだそうです」

理美の言葉を聞き、突然《とつぜん》、祥飛は食欲《しょくよく》をなくして箸を置く。

「家庭的だと？」

投げやりに呟《つぶや》く。

「これほどふんだんに香辛料を使う料理が家庭的？　香辛料は交易すれば金と同等の価値がある。庶民《しょみん》でさえこれほど当たり前に香辛料を使えるほどの産出量があるならば、西沙国は庶民でさえも毎日金塊《きんかい》を食べているようなものだ」

三

（庶民が毎日金塊を食べるような国が、崑国と国交を樹立してなんの利があるのか。そう考えて当然ではないか）

西沙国の経済は、おそらくは桁外《けたはず》れに潤《うるお》っている。その国に対して崑国は、どうやって強気に出れば良いのか。軍事力くらいしか、強く出られる方法がない。

絶望感を感じたとき、理美が真剣《しんけん》な顔をする。

「陛下。陛下はこの西沙国の料理に……香辛料に興味がおありですよね」

「当然だろう。余のみならず、宮廷人《きゅうてい》も商人たちも、興味がないものはいないほどだろう」

そのおかげで、これほど祥飛は苦悩《くのう》を強《し》いられているのだと自嘲《じちょう》気味に答えた。

「さきほどわたしは、双龍宮《そうりゅうきゅう》でグルザリ・シャー様とお話ししました。シャー様は崑国を嫌《きら》っているわけではないと思うんです。ただ、まったく興味がないらしいです。西沙国に興味津々《きょうみしんしん》な崑国の人たちとは逆で、崑国に、相手に、まったく興味がないんです」

「そんなことは、まともに奴と話をしていない余にでもわかるわ」

「でも、思ったんです。饗応《きょうおう》長の様子を見ていて」

「饗応長？」

「饗応長は、西沙国の料理人が無礼だと凄《すご》く腹を立てていた方でした。でもその方でも、西沙国の料理人が料理をしていたら、ものすごく興味を惹かれてずっと見ていたんです。饗応長は西沙国には興味はないけれど、料理には興味があるから、どんなに腹を立てていても興味を抑《おさ》えられなくなったんです」

理美がなにを言いたいのか、祥飛はまだ理解出来なかった。「だから」と首を傾《かし》げて問うと、理美は笑う。

「だからシャー様にも、まずはシャー様が興味を惹かれるものをお見せするべきだと思うんです。シャー様が興味を惹かれるような崑国の誇《ほこ》るものを。そうすればおのずと、崑という国に興味をもってくださいます」

「そんなものがあればな」

祥飛は投げやりに言い、鼻で笑う。

「庶民が金塊を惜《お》しげもなく使っているのと同様の、潤った国だ。なにを見せろという」

「崑国は建国百年あまりですが、国としてではなく、民族としては千年以上の歴史があります。それは西沙国よりも長い歴史ですよね？　西沙国の王朝が起こって数百年と聞いてます。それまでは小さな部族が各々《おのおの》独立して素朴《そぼく》な生活をしていたと」

大陸の大部分を領土とする崑国は、建国百年あまり。しかしその前には、庸国《ようこく》、蕃国《はんこく》、燭国《しょくこく》と、各々百年から二百年続いた王朝があり、さらにその前は五十年間ほどの戦国時代を隔《へだ》て、古代国家の弓国《きゅうこく》という国があった。崑国の歴史としてはたかだか百年だが、それは領土を支配する王朝が入れ替《か》わっているだけであり、民族として巨大《きょだい》な国家を起こし維持《いじ》して千年。崑国にはその千年間引き継《つ》いできた民族としての知識や技術、文化芸術の蓄積《ちくせき》があるのだ。

和国や西沙国は環境《かんきょう》に恵《めぐ》まれていたためか、数百年前までは国家らしい国家の形をなしていない、小部族の集団という態《てい》だったのだ。

「目の前にある、実益だけではない価値があると思うんです。わたしは崑国に来て、工芸品の素晴《すば》らしさや、建物の素晴らしさに驚きましたし」

素直《すなお》な言葉に、祥飛は目を見開く。

(意識していなかったが……そうか)

言われてみれば確かに、千年国家として統治されている場所に蓄積される文化文明技術は、それなりの価値があるのだろう。それが当たり前で過ごしている祥飛には、それの価値がわからなかったが、和国人である理美にはなにが魅力《みりょく》たりえるか見えたのだ。

「人は、自分にないものを求めるのが常だと思います。崑国には西沙国にないものがあって、そのなかで最も、シャー様の興味を惹くものをお見せできれば、シャー様は崑国に興味を抱《いだ》いてくれると思うんですけれど」

「なんだと思う、それは。朱西」

指で顎《あご》のあたりに触《ふ》れ、朱西は考える素振《そぶ》りをする。

「実利的なものでないことは、確かでしょう。あのお方が積極的に興味を……」

そこで朱西ははっと顔をあげた。

「人です」

祥飛も理美も首を傾げた。朱西は理美に向き直る。

「昼間、ぼや騒《さわ》ぎが起きたとき、シャー様は理美に目をとめられた。女性がいると。後宮女官《にょかん》の華《はな》やかな装いが目を惹いたのだろうと思いましたが、それ以上におそらく、あのお方は人に興味がおありだ。そうでなければ自分の料理人に、あれほど親しく振《ふ》る舞《ま》わないでしょう。なにはなくとも、人というものに興味がおありだ、きっと」

「あっ！　シュリから聞きましたけど、シャー様は人を区別するのが嫌《きら》いで、いろんな人を拾って側《そば》で働かせると」

理美の言葉に確信を得たように、朱西は頷《うなず》く。

「陛下。シャー様の一番の興味は人です。そこをついていけば、崑国に興味を抱かせられます。崑国人を面白《おもしろ》い、あるいは付き合う価値がある者と見なしてもらえればいいんです」

「簡単に言うな。どうやってそのような興味を抱かせると」

「それこそ理美が言ったように、崑国人の品性や教養をご覧にいれるのです。シャー様が見惚《みと》れ、感心するほどの」

祥飛が考える品性や教養の高い人物となると、真っ先に朱西になる。しかし彼をシャーの前に出したところで、ぱっと目を惹くことはない。長く付き合えば朱西の品性も教養も理解し感心するだろうが、今必要なのはもっとわかりやすい、目を惹く品性や教養。そして最も必要なのは華やかさ。

理美が宙に目を向け、思い出すように微笑《ほほえ》む。

「そういえばわたしも、崑国に来て心から見惚れた方々がいます。気品があって、とてもお綺《き》麗《れい》です、あの方々」

理美が誰《だれ》のことを言っているのか察し、祥飛は目を見開く。

「それだ！　四夫人《しふじん》！」

朱西が「あっ」と悟《さと》ったような声を出すのとは逆に、理美は意味がわからないらしく、きょとんとしている。

「そなたが見惚れたというのは、四夫人のことだろう」

「そうですけれど」

「四夫人をグルザリ・シャーの前に出すのだ」

朱西が頷く。

「四夫人の美しさ、教養の高さ、品性、それらを印象づけるためにシャー様を招き宴《うたげ》を催《もよお》し、もてなしては？　その宴の趣向《しゅこう》も、崑国の文化をご覧にいれる装置になり得ます」

「今から後宮へ向かう。余が参ることを内侍《ないじ》省に知らせ、伯礼に命じ、四夫人を集めよ」

祥飛の命で、朱西は早足に出て行く。

心のどこかでは馬鹿馬鹿《ばかばか》しいと思う。祥飛が望むのは国交樹立であり、西沙国の使節を気持ちよくもてなし、ご機嫌《きげん》を取るのが目的ではない。ご機嫌を取ったところで、相手が図に乗るだけのような気がする。

しかし相手が話し合いの席にすら着くつもりがなく、こちらにまったく興味を示さないのでは話にならない。

そこで手詰《てづ》まりになっていたが、ふと己《おのれ》を省《かえり》みたのだ。

外交だと身構えて相手を話し合いの場に引きずり出すことばかりを考えていたが、それが間《ま》違《ちが》いだったのではないか。もし外交も、人と人との繫《つな》がりであるとするならば、まずはお互《たが》いを知り、そこからゆっくりと関係を築くべきではないか。

もし強引《ごういん》に理美を自分のものにしていたら、彼女は祥飛のものになったとしても、心の底では彼を憎《にく》み、けして打ち解けてはくれないはず。彼女に嫌われないように、ゆっくりと彼女に近づこうとしている今の自分のように、外交もまずは相手に近づくことから始める。

馬鹿馬鹿しいし、気が遠くなるような遠回りではあるかもしれないが、それが今、ようやくたった一つだけ見つかった方法だった。

◆

新皇帝即位後《こうていそくい》初めて、皇帝が正式に後宮に向かう。即位一年を経ての遅《おそ》すぎる渡《わた》りであったが、その報に後宮内は騒然《そうぜん》となった。すわ誰の宮殿《きゅうでん》へ向かわれるかと女官たちは大いに騒いだが、明かりが灯《とも》ったのは今は無人の皇后の宮殿北嶺宮《ほくれいきゅう》だった。

そこに四夫人が全員集められたと聞き、女官たちは「なんだ」と落胆《らくたん》した。皇帝は四夫人のご機嫌を伺《うかが》いに来るだけで、彼女たちの誰かの寝所《しんじょ》に行くつもりはないらしい。集められた四夫人たちは、困惑《こんわく》しきりだった。

北嶺宮の主殿《しゅでん》に設けられた席に着いた四夫人は、急な呼び出しの理由は何かと、壁際《かべぎわ》に控《ひか》える伯礼に問う。段取りをしたのは彼なのだが、彼自身もなにも聞かされていないらしく「わかりかねます」と答えるだけだった。

理美を連れ、祥飛は後宮に入った。本来ならば朱西も同席したいところなのだろうが、後宮へは入れないため外朝で待っている。祥飛が後宮の大門を潜《くぐ》ると、内侍たちが周囲を取り囲み回廊《かいろう》を歩む皇帝に追従する。北嶺宮まで来ると祥飛は内侍たちを追い返した。

理美だけが彼に従い北嶺宮へ入る。

四夫人たちの待つ場へ祥飛が入ると、席に着いていた四夫人たちは立ちあがりその場で跪拝《きはい》の礼をとろうとする。しかし祥飛は軽く手をあげ「礼は無用だ。座れ」と命じ、自らも空席に着いた。

理美は壁際に寄った。すると伯礼がするりと寄ってきて、耳に囁《ささや》く。

「これは何事？」

いつものように甘い声は耳朶《じだ》にくすぐったいが、くすぐったさをこらえて囁き返す。

「陛下は四夫人にお願いがあって、おいでになったんです」

「お願い？　四夫人に？」

さすがの伯礼もお願いの内容の見当がつかないのか、目を丸くする。

席に着いた四夫人たちは、祥飛を見つめている。蠟燭《ろうそく》の炎《ほのお》の陰影《いんえい》が揺《ゆ》れるその顔は、いつものようにみずみずしく美しい。睫《まつげ》の濃《こ》い影《かげ》が頬《ほお》に落ちて揺らぐ。しかし四夫人たちは、その美しい様に見惚れているわけではなさそうだ。わずかに緊張《きんちょう》を伴《ともな》い、主《あるじ》の声を待つ。

宋貴妃《きひ》は口元を引き締《し》め、いつになく緊張している。鳳徳妃《とくひ》はまるで武人のような静けさと落ち着きぶり。常に柔《やわ》らかな雰囲気《ふんいき》の温賢妃《けんひ》や、普段《ふだん》は溌剌《はつらつ》とした少女らしい余淑妃《しゅくひ》までも、どこか凛々《りり》しく感じた。

(そうか。四夫人たちのお姿は、主人の声を待つ臣下の姿なんだ)

彼女たちは明来告地で、皇帝の臣下たれと命じられたのだ。そう命じられた責任と誇《ほこ》りにおいて、居住まいを正しているのだろう。

「急な呼び立てすまぬ。そなたたち四人に、やってもらいたいことがある」

四人の顔をゆっくりと見回し祥飛は告げた。

数瞬《すうしゅん》の沈黙《ちんもく》の後、四夫人は互いに視線を交《か》わした。他《ほか》の三人の目配せを受け、宋貴妃が小さく頷く。

「なんなりと、陛下」

「近々、西沙国使節団を招いて宴を催す。そのさい使節である西沙国皇弟グルザリ・シャー殿《どの》をもてなす役割を、そなたたち四夫人に頼《たの》みたい」

その言葉に、余淑妃がきょとんとして呟《つぶや》く。

「もてなすって、もしかして寝所に……」

「馬鹿者《ばか》。違《ちが》う」

苦笑《くしよう》し、すぐさま祥飛は否定した。

「そんな低俗《ていぞく》なことを求めているわけではない。崑国には、美しく洗練された女が存在し、文化も華やかで発展し、美意識も良識も高い。それを見せつけて欲しいだけだ。崑国で最も教養が高く美しいそなたたちに相応《ふさわ》しい務めだ」

グルザリ・シャーが崑国に対して無礼なのは、崑国との交易には興味がないからだ。崑国との交易で得られるものは、きっと他の国との交易でも得られると踏《ふ》んでいる。崑国と交易する利益は少ない。だから崑国にとことん興味がわかないのだ。

「国交だ、交易だ、香辛料《こうしんりよう》だ」と迫《せま》れば、相手は内心では嫌《いや》になり、はいはいと適当に相づちを打って受け流し国に帰ってしまう。

しかしもし国交問題ではなく、他の面でシャーが崑国に興味を持ったらどうだろうか。崑という国に興味がわけば、すくなくとも崑国とまともに向きあってくれるのではないか。

まずはシャーの視線を、興味を、崑国に向けさせなければ話にならない。

千年、貪欲《どんよく》に発展してきた崑国をつくった民族は、実践《じつせん》的な技術はもちろん、思想にしても文学、芸術にしても、他国を圧する歴史がある。それは和国も西沙国も持ち合わせていないものであり、憧《あこが》れ興味を抱《いだ》くものに違いなかった。

（崑国には、素晴《すば》らしい文化と歴史がある）

それは和国から渡《わた》ってきた理美だからこそ、ひしひしと感じることではある。けして故国の文化文明を卑下《ひげ》するつもりはないのだが、やはり千年の時間の重みから生まれた技術、詩歌《しいか》、舞踊《ぶよう》、建築、それらに触《ふ》れるとその練度に感心するのは事実だ。

「どうか、四夫人。引き受けてもらえないだろうか」

問いかけた祥飛に、鳳徳妃が見事な微笑《びしょう》を返した。

「それは四夫人が最も得意とすることです、陛下。そうですよね、みなさま」

他の三人も同時に微笑む。

四夫人の微笑みに、理美の胸が高鳴る。

(きっと、四夫人は誰《だれ》よりも美しく気品にあふれた、最高の崑国女性を見せつける)

五章◆宴のために

一

（効果的な場所、効果的な食、効果的な余興が必要だ）

　翌朝の朝議で祥飛は、西沙国使節グルザリ・シャーをもてなす皇帝主催《こうていしゅさい》の宴《うたげ》を催《もよお》すと発表した。なにも聞かされていない礼部尚書《れいぶしょうしょ》や戸部《こぶ》尚書は、急になにを言い出したのかと不満の声をあげたが、宰相の周考仁が特に反対もせず静観する様子だったことで、彼らの勢いも削《そ》がれていった。

　宴の準備は朱西に一任された。宴の日取り、場所、内容を決定し、祥飛の承認《しょうにん》を得たのちに速《すみ》やかに準備にかからねばならない。西沙国の使節団はいつ帰国するとも明言していないが、あの自由気ままさから「明日帰ります」と突然《とつぜん》言い出しそうな予感がした。そうなるまえに、日程だけでも決めて彼らを足止めする必要がある。

　朝議のあと、朱西は新和殿《しんわでん》の回廊で周考仁と出くわした。

「父上」

このところ朱西は周家の屋敷《やしき》に帰っていない。考仁とも久しぶりに顔を合わせた。しかし彼は、まるでそんなことは気にしていないらしく、いつもの淡々《たんたん》とした調子で告げる。

「大役を仰《おお》せつかったな、朱西。心して務めよ」

「はい」と答えるが、ふと不思議に思う。

「この度《たび》の宴に関して反対なさいませんでしたね。なぜです」

「最善と思うから反対しなかったまで。よく考えた。おまえの働きはそこそこ期待通りだ」

「俺だけではなく、陛下のお考えでもあります。しかも、きっかけは雪宝林でしたが」

「雪宝林か」

その名を聞いた一瞬《いっしゅん》、考仁の唇《くちびる》に微《かす》かに鋭《するど》い笑《え》みが浮《う》かぶ。

「彼女がなにか」

「特に、今はなにも。しかし朱西。あの宝林に近づきすぎるではない」

「俺は、彼女が食学《しきがく》研究の助手であること以上に、彼女に近づこうとは思っていません」

「それならばいい」

「近づいたら、なんだと言いたいのですか」

考仁は今度こそはっきりと微笑んだ。

「自ら、その小賢《こざか》しい頭で考えよ」

そう告げて去る考仁の背を見つめ、朱西は昔から時々感じる不可解さを今も覚えていた。

(時々、父上に憎《にく》まれているような気すらする)

捨て台詞《ぜりふ》のようにして告げた考仁の言葉と、その時の目の奥にある冷たい光は、憎しみとしか思えない。幼い頃《ころ》からほんのたまにだが、考仁は朱西に対してあまりにも冷淡《れいたん》なときがある。憎まれているのではと思うこともある。考仁が普段抑《おさ》えつけているものが、なにかのきっかけで吹《ふ》き出すような、そんな気がするのだ。

(しかし父上はなぜ、理美に近づくなと？　父上も理美が、陛下の気に入りの女官《にょかん》だと知っているのか？　だからか？　それとも他になにか？)

考えながら食学堂へと向かう。そこを自らの執務《しつむ》室として、宴の準備をするつもりだった。食学堂は礼部の敷地《しきち》内にあるので連絡《れんらく》に便利だし、資料も山のようにある。

(なんにしても、理美に近づくなという忠告は不要なものだ。俺はもう、彼女に近づいてはならないことをわかっている。彼女もそうだ)

あの夜。理美を抱《だ》きしめ視線を絡《から》ませ合い、彼女の体温を近く感じたあの瞬間《しゅんかん》の記憶《きおく》は鮮明《せんめい》で、思い出す度に胸が痛い。それでも踏み越《こ》えてはならないものが、二人にはあるのだ。

◆

周考仁は己《おのれ》の感情のわずかなぶれに苦笑した。

昔から完璧《かんぺき》に自らを律し、思い惑《まど》ったことがないと自負している。今の朱西の心の乱れをうっすら感じると、未熟だと嘲笑《ちようしよう》したくなる。しかし彼を笑えないのかもしれない。あれほど乱れはなくとも、考仁自身も時折わずかに乱れるのだ。

脳裏《のうり》をよぎる過去の記憶が感情を揺《ゆ》さぶる。

(彼が……)

それは憎しみとも愛情ともつかない、微妙《びみよう》なものだった。

◆

今朝も珠ちゃんを祥飛に会わせ終わると、理美は食学堂へ入った。珠ちゃんは理美の襟巻《えりま》きみたいに首に巻きついてくれているので、ほかほかと温かい。夕方に祥飛の夜食を整えるまで、今日一日は食学堂で、朱西の続けている研究の続きをするのだ。

朱西の丁寧《ていねい》な文字で書かれた書き付けを手にする。整った美しい文字が朱西の指先そのものに思えて、指先で文字を撫《な》でる。このくらいしか、寂《さみ》しさを紛《まぎ》らわす方法がない。

(わたしは後宮女官だから、朱西様に近づいちゃ駄目《だめ》)

人目がないのを良い事に、文字を指で辿《たど》り続ける。珠ちゃんが珍《めずら》しそうに理美の手元を覗《のぞ》き込み、「なにしてるの?」と訊《き》きたげに、青い瞳《ひとみ》をくるくるさせる。理美はほわりと笑う。

「こうしてると、朱西様の指に触れている気がしない？」

珠ちゃんはするするっと理美の腕《うで》を駆《か》けおりてくると、くんくんと墨《すみ》文字の香《かお》りをかぐ。

「あ、それ。わたしもしたい」

理美は書き付けを顔の前にもっていくと、墨の香りをかぐ。珠ちゃんも理美の肩《かた》に戻《もど》って、一緒《いっしょ》にくんくんする。このさいみっともなくとも、多少変態行《こう》為《い》くさくても、人目がないからかまわない。

（墨の香り……ちょっと沈香《じんこう》の香りも？　朱西様の衣《ころも》はいつも沈香の香りがする）

犬よろしくくんくんやっていると、訝《いぶか》しげな声が背後から聞こえた。

「なにをしているんですか？」

「……え……、ひゃあ！」

ふり返ったそこに朱西がいたので、理美は悲鳴をあげて書き付けを放《ほう》り出していた。珠ちゃんは驚《おどろ》き、衣を駆けおり裳《も》の中へと潜《もぐ》りこむ。

（みみみ、見られた！　変態行為を見られた！　しかもよりによって本人に！）

真っ赤になったが、朱西のほうは不思議そうに床《ゆか》に落ちた書き付けを拾う。

「悪臭《あくしゅう》でもしますか？　さほど悪い墨は使っていないのですが」

「え、いえ！　悪臭どころか、朱西様の書いた文字はいい香りで、つい」

「え……」

互《たが》いの顔を見ると、二人とも頬《ほお》が染まる。と、二人ともはっとして同時に目をそらした。

「駄目ですね！　冷静になりましょう、理美！」

「はは、はい！　駄目です！　知ってます！」

どぎまぎしていたが、朱西の胸の音も聞こえてきそうな気がした。

「あ、あの。なぜ食学堂に朱西様が」

侍中《じちゅう》の役割に専念すると決まった日から、彼はほとんど食学堂へは顔を出していなかったのだ。だから油断していた。

朱西は落ち着こうとするように茶器の方へ行き、茶の準備をする。

「例の宴の準備のために、ここを俺の執務室がわりに利用しようと思ってます。礼部とは頻繁《ひんぱん》に連絡を取るので都合がいい。しかしもし理美が迷惑《めいわく》でしたら」

「いえ、そんな。そもそもここは、朱西様の食学堂ですし」

「今日は高晋もここに呼び出していますから、二人きりにはなりません。安心してください」

どことなくぎくしゃくして朱西が茶を淹《い》れ、それをぎくしゃくして理美が手にすると、高晋がやって来た。彼の登場に二人とも同時に、ほっと息をついた。

「昼餉《ひるげ》の準備もあるのに、呼び出してすみませんでした高晋」

「段取りは伝えて燕《えん》に任せてありますから大丈夫《だいじょうぶ》です。なんの御用《ごよう》ですか。こんなところで」

圖書庫《ずしょこ》が珍しいらしく、高晋は壁面《へきめん》を眺《なが》めて感心したような顔をしている。官吏《かんり》でもない限り、一般《いっぱん》の者がこれほどの圖書があるのを見ることはない。

理美が気をきかせて茶の準備をすると、朱西と高晋は卓子《たくし》に着いた。

「実は、西沙国使節のグルザリ・シャー様をもてなす宴《うたげ》が決まりました。日取りは未定ですが、少なくとも十日以内には実施《じっし》します。そこで饗《きょう》する料理を、宮廷《きゅうてい》料理人たる高晋にお願いしたいのです」

「そりゃまた、急なことですね。まあ急な宴は今回に限ったことじゃねぇから、料理人たちは慣れてますが。問題は料理を饗する相手ですね」

高晋は鼻の付け根に、嫌《いや》そうな皺《しわ》を寄せた。

「西沙国人の料理人が言っていたじゃないですか。崑国料理は、ご主人様の口に合わねぇと」

「ええ、そうですね。俺もそれは聞いています。けれど今回はあえて趣向《しゅこう》を凝《こ》らし、崑国料理の最高の料理人たるあなたに、シャー様の興味を惹《ひ》く料理をお願いしたい。シャー様に、崑国の文化に興味を抱《いだ》いてもらうというのが、今回の宴の目的なので」

高晋は腕組《うでぐ》みし、うむと唸《うな》る。

（饗応長《きょうおう》が悩《なや》むのもわかる。だってシュリのあの言いぐさじゃ……）

シャーは崑国料理を食べたこともあるし、食べろと言われれば食べるとも言っていた。けれどそれだけで、特に崑国料理に興味があるわけではないのだ。

「崑国料理に興味のないお方に、どんな工夫《くふう》をすれば良《い》いんですかねぇ」

確かに、そもそも興味のない人に対して、「興味を持ってくれ」というのであれば、一目で興味を惹くような工夫が必要だ。味は食べてみないとわからないものだから、工夫するとすれば、香りや見た目。しかし普通《ふつう》の崑国料理であれば、きっとどんなに香りが良くとも見た目が華《はな》やかでも、興味を惹かない。よしんば惹けたとしても、食べた味が今までの崑国料理と大差なければがっかりされるだけだ。

崑国料理でありながらも、崑国料理に興味のないシャーの気を惹く工夫。

(そんなものがあるかしら……)

朱西と高晋の前にお茶を出し、お茶うけに香漬《かおりづけ》を出そうと白磁に盛られた翡翠《ひすい》色の食べ物を目にして思い出す。そういえばシャーは、香漬をまた持って来てくれないかと言っていた。珍しくて、と。

「食べたことのない料理にするのはどうでしょうか」

ふとした思いつきだった。ぽつりと理美は言った。高晋は不審《ふしん》そうな顔をする。

「あんたそれ、どういう意味だ?」

「シャー様が珍しいって思うような料理を作るんです。崑国料理でもなく、西沙国料理でもなく……」

なにかが、喉元《のどもと》まででかかっている。頭の中にちらちらと浮《う》かぶのは、河蟹《がに》を西沙国風の料理にした時のこと。

「それは和国の料理という意味ですか」

朱西の問いに、理美は首を横に振《ふ》る。

「いいえ、和国は今回のことには関係ないので、考慮《こうりょ》に入れるべきじゃないと思うんです。朱西様も仰《おっしゃ》ったように、崑国の文化や料理に興味を持ってもらわないと意味がないんです」

シュリは河蟹を見たことがないと言っていた。しかし彼は素揚《すあ》げされた河蟹を味見し、これならばこのような調合があうだろうと、香辛料《こうしんりょう》を工夫してくれた。すると河蟹の泥臭《どろくさ》さが消えた。崑国の食材が見事な西沙国料理になったのだ。

（崑国の食材を使う？　西沙国の食材を取り寄せて使う？　でも食材だけが崑国のもの西沙国のものでは、ただの崑国料理になり、ただの西沙国料理になる。新しいものにならない。食材が交わったとしても……）

理美たちが今求めているのは、崑国料理であって崑国料理でないもの。しかし全く別の和国料理では意味がない。

（ただの崑国料理では駄目だし、ただの西沙国料理でも駄目……食材が交わる……）

その瞬間《しゅんかん》、ある単語が閃《ひらめ》くように理美の思考に突《つ》き刺《さ》さる。

（交わる！）

一点、光が見えた。

（崑国料理でもなく西沙国料理でもないということは、その逆……！）

「崑国料理でもあり西沙国料理でもあるもの！」

声をあげると、朱西と高晋が訝しげな顔をする。

「そうです！　新しい崑国料理を作れば良いんです」

「新しいって簡単に言うけどな、あんた。俺たちが新しい味と思っても、西沙国人にとっちゃ、ちょっと味わいの違《ちが》う崑国料理にしか思えなかったら同じじゃねぇか」

そう言う高晋に、理美は頷《うなず》く。

「だからそうならないように、混ぜるんです」

「混ぜる？」

朱西がおうむ返しに言い、そしてはっとしたような顔をする。

「まさか西沙国料理と」

彼は賢《かしこ》く察したらしい。理美は頷く。

「崑国料理と西沙国料理を融合《ゆうごう》させて、新しい味わいを作れば良いんです。一品でもいい。そんなものを提供できれば、きっと面白《おもしろ》がって珍しがってくれます」

高晋は目を丸くし、呆然《ぼうぜん》と呟《つぶや》いた。

「混ぜるっておい……」

崑国料理の由緒《ゆいしょ》正しい宮廷料理人には信じられないのだろうが、それしかないように思えた。

朱西も呆然としている高晋をふり返り、強く言った。

「そうですね。ええ、混ぜるんです。それしかないでしょう。高晋。新しい味わいを作ってください。あなたならできます。崑国一の料理人、宮廷料理人の長《おさ》。饗応長なのですから」

二

「おまえは！　馬鹿《ばか》か！」

高晋に怒鳴《どな》りつけられ、理美は首をすくめた。

崑国料理と西沙国料理を融合させ、新たな味わいを作る。それに大いに賛同した朱西の激励《げきれい》を受け、高晋は厨房《ちゅうぼう》に帰った。しかし帰るときになぜか、「雪宝林を一緒《いっしょ》に連れて行きたい」と申し出た。理美自身もなぜ自分が？　と思ったが、必要だと高晋が言うので朱西も了承《りょうしょう》し、理美ものこのこと厨房までついてきた。

そして厨房に入るなり、いきなり高晋に怒鳴られたのだ。

「馬鹿ですか？」

「おお、はっきり言ってやる！　馬鹿だ！　大馬鹿だ！　おまえがあんなこと言うから博士《はかせ》はその気になっちまって。西沙国料理と崑国料理を混ぜろだって!?　無理に決まってるだろう。そもそも俺たちは西沙国料理をしらねぇんだぞ」

「それは心配ないですよ～、シュリがいますから」

「おまえは、あの崑国料理を鼻で笑ってる小僧《こぞう》が、喜んで協力すると思うのか？」

のほほんと答えたのに突っこまれ、はたと思う。シュリは理美に機嫌良《きげんよ》く西沙国料理を教えてくれたから、特に問題はないと思っていた。だがもし崑国料理と西沙国料理を融合するとなった時、果たしてシュリが承知するのか。

「……あ……もしかして、無理かも」

呟くと、高晋が調理台に両手をついて項垂《うなだ》れた。

「そうだろうぜ……どうしてくれるんだ、雪宝林よ……」

シュリに西沙国料理を教えて欲しいと乞《こ》えば、彼はそれを渋《しぶ》るようなけちくさい男には思えない。しかし彼から教わったことをもとに、こちらで勝手に崑国と西沙国の料理を融合させるのだと知れば嫌な顔をするはず。しかもそれを、彼が心から慕《した》っているシャーに饗すると言えば、さらにへそを曲げそうだ。

しかしシュリの協力は絶対必要。

「いっそ、シュリと一緒に崑国料理と西沙国料理を融合する試みをしたらどうでしょうか？シュリは崑語が話せるから、可能ですよ」

「さらに無理難題を言うんじゃねぇよ」

「でも協力してもらわないと……。わたし、なんとか説得してきます」

高晋は喧嘩《けんか》っ早そうだし、シュリは頑固《がんこ》そうだ。自らの提案がきっかけなのだから、ここは理美が動くべきだろう。

思い悩む高晋を残し、理美は後宮に帰って香漬を紙に包んだ。シャーが香漬をまた持って来てくれと言っていたので、これを理由に双龍宮《そうりゅうきゅう》へ行けばシュリと話ができるはずだ。

双龍宮の門前へ行くと、西沙国の武官が対応に出てきた。

身振《みぶ》り手振《てぶ》りで説明しようとしたが通じず、相手は優《やさ》しい困ったような顔をして、ちょっと待てというような手振りをして奥へ引っ込んだ。そして今度はシュリを伴《ともな》って出てきた。彼は崑語を話せるので、公式な場でないときは通詞の役割も担《にな》っているのだろう。

「理美？　なに？」

「シャー様に香漬をお持ちしたの。また持っていらっしゃいと、仰っていたでしょ？」

「そうだったね。いいよ、きっと大丈夫《だいじょうぶ》。入って。ちょっと待ってもらうけど」

前日に通された客殿《きゃくでん》へ入る。庭院《にわ》が見渡《みわた》せるように戸が全《すべ》て開いていたのでひどく寒いが、卓子《たくし》の下には火鉢《ひばち》が置かれ足元は暖かくなるよう工夫《くふう》されている。

そこで驚《おどろ》いたのは、庭院で繰《く》り広げられている光景だ。グルザリ・シャーが、下働きの少年たちと一緒になって雪を投げ合ってはしゃいでいた。目を丸くしていると、シュリが銀器に入った茶を持って来て、「お茶を飲みながら、座って待って」と促《うなが》す。

言われるままに椅子《いす》に着くと、シュリは茶を淹《い》れて差しだした。

「シャー様って、いつもあんなご様子なの？」

「西沙国では雪が降らない。珍《めずら》しいから、シャー様は嬉《うれ》しいんだ。もっと暖かくなって旅する方が楽だけど、シャー様は雪が見たいって理由でこの季節に崑国に来た」

シャーという人は、遊び心がある人なのだろう。少年たちは無邪気《むじゃき》にシャーにじゃれついていた。人を区別しない良い主人の周りには、人が多く集まるのだろう。

シャーの視線はこちらに向かず、遊びに熱中している。

その様子を見つめるシュリの目が、すこし寂《さみ》しそうに思えた。

「シュリは遊ばないの？」

「あの子たちは、身の回りのお世話が役目。僕は料理を作っておいしいとシャー様を喜ばせる、それが役目」

「でもシュリは崑語も話せるから、通詞の役目もできるわよね。崑語どこで習ったの？」

「習ったんじゃない。昔、崑国にいたから話せるだけ。雪も珍しくないし、嫌《きら》い」

「崑国にいたの？　どうして」

「買われた。肌《はだ》の色が珍しいからって、南方の国に香辛料《こうしんりょう》を買い付けに来た崑国商人に」

崑国商人は直接西沙国と取引できないのだが、南方の小三国を通して交易をする。小三国には西沙国人も崑国人も出入りするのだ。

「親が小三国で商売してた。でもうまくいかなくなって、香辛料と一緒に僕を売った」

淡々《たんたん》と話す内容に息を呑《の》む。

（売られた？　しかもご両親に）

どのくらいの年でそうなったのかわからないが、売られるのはたいがい子供だ。シュリもそうだったに違いない。そのときどんな思いでいたのか、異国でどんな経験をしたのか。お膳立《ぜんだ》てされ、求められて崑国にやってきた理美でさえ、あれほど不安で寂しかったのに。

シュリの経験は、理美には想像もできないもののはず。

「崑国、つらかったの？」

遠慮《えんりょ》がちに問う。

「楽しくなかった。雪は大嫌い。冷たくて、死にそうだった。それで逃《に》げて、小三国に戻《もど》ったときにシャー様に拾われた」

シュリは無感動に雪を見つめた。

「大変なご恩があるから、お仕えしてるのね」

「恩があるからじゃない。僕はシャー様に喜んでもらいたいだけ。喜んでくれたら、シャー様は僕がいることは忘れない」

雪にはしゃぐ主人を見つめるシュリの目が、「僕は、ここにいます」と、訴《うった》えているような気がした。

（シュリは、寂しかったのかもしれない。ずっと）

親に売られ異国に連れて行かれ、そこから逃げ出した。その彼を拾ってくれたシャーは、シュリにとっては唯一《ゆいいつ》のよりどころなのだろう。居場所のなかった彼に居場所を与《あた》えてくれた。

理美がはじめて、姉斎宮《さいぐう》のもとで居場所を得られたとき、理美も姉斎宮が自分を見てくれることが嬉しくてたまらなかった。彼女を喜ばせたい、彼女の視線を自分に向けて欲しいと願った、それは餓《う》えに似た感覚。姉斎宮は敏感《びんかん》に察し、理美に向き合ってくれていた。だから理美の餓えは徐々《じょじょ》に満たされていったが、シュリはまだまだ足りないのだ。それどころか主人の周囲に新しく集まる人の中に埋没《まいぼつ》することを、きっと恐《おそ》れている。

ひときわ大きな笑いを爆発《ばくはつ》させたシャーは雪の上へ転がり、雪を跳《は》ね散らかした。そのあと満足したようにまたひとしきり笑うと、ゆっくり身を起こす。そして室内に理美の姿を認めたらしい。「おや」というような西沙語を口にし、体についた雪を払《はら》い落として入ってくる。

「和国の姫《ひめ》。理美。いらっしゃい。お茶に来てくれたの？」

銀の耳飾《みみかざ》りを光らせ、シャーは無邪気な笑顔《えがお》で椅子に腰《こし》かける。世話係の少年たちが、彼の体を温める毛織物をすかさず手渡《てわた》す。

「香漬《かおりづけ》をお持ちしました。ご所望《しょもう》だったので」

「おお！」

持参した包みを卓子の上に広げると、シャーは気軽に一つつまんで口に入れる。その様子を見ていて、理美はあることに気がついて首を傾《かし》げた。

「シャー様。わたしの名、覚えてくださっていたんですね」

「珍しい和国の食べ物をくれた、和国の姫だ。忘れないよ。これは器《うつわ》に入れよう。リュシ、器をもっておいで」

そう言ってシュリをふり返ったシャーに、シュリはすこしむっとしたように訂正《ていせい》した。

「シュリです」

「また、間違《まちが》えたか。すまないなシュリ。器を」

すこしも悪びれた様子なく笑顔で命じるので、シュリの方があきらめたように小さく溜息《ためいき》をつき「お待ちください」と退室する。落胆《らくたん》した背中を見たシャーはようやく何かに気がついたのか、周囲の少年たちに「シュリは怒《おこ》っていたのか」と西沙語で訊《き》いたようだった。少年たちは困ったように顔を見合わせる。

「シュリの名前、よく間違えられるんですか？」

「シュリとリュシと、ショリという子がいてね。こんがらがるんだ」

理美の問いかけに、シャーは苦笑いだ。

「みんな、ちゃんと仕事をしてくれる、いい子たちでね」

(みんな、いい子)

それは優しい言葉だったが、シュリの求めている言葉ではないだろう。彼はいい子の中の一人になり、忘れられることを何よりも怖《こわ》がっている気がする。

(せめて名前を間違えずにいてくれればいいのに)

そのあたりの繊細《せんさい》さは、シャーは持ち合わせていないらしい。

(名前?)

ふと思い当たったとき、シュリが器を手に戻ってきた。今度はシャーも「ありがとう、シュリ」と間違えずに呼んだが、シュリは嬉しそうではなかった。

(そうか! シャー様はわたしの名前を覚えてた! それなら!)

突然《とつぜん》ひらめいた考えは、ここに理美がやってきた目的と合致《がっち》していた。思いついたら嬉しくなり、思わず席を立つ。

「シャー様! お願いがあります! シュリをお借りしていいですか!? できれば数日、わたしや宮廷《きゅうてい》料理人の揚高晋、侍中《じちゅう》の周朱西様と一緒《いっしょ》に過ごしてもらいたくて」

「なにかな、急に」

「とても楽しいことなんです。いいですか」

瞳《ひとみ》を輝《かがや》かせる理美をシュリは何事かと胡乱《うろん》げに見やったが、シャーは持ち前のおおらかさで、泰然《たいぜん》とした態度のまま興味深そうだ。

「それは、シュリに苦痛を強《し》いるようなことではない?」

「はい、けして。しかもとても楽しいことです。シャー様もきっと、喜んでくださることになります」

「シュリは、どうかな?」

「シャー様の仰《おお》せの通りにします」

ふむと腕組《うでぐ》みして理美をみやったシャーは、しばらくして「よいだろう」と頷《うなず》く。

「けしてシュリがつらい思いをしないと約束するな」

「お約束します」

「では許そう」

うれしさに飛びあがりそうになりながら礼を述べ、理美はシュリに向き直った。

「ねぇ、シュリ。今から行きましょう。厨房《ちゅうぼう》へ」

「なんで？　なにするつもりなの理美」

「歩きながら説明するから、行きましょう！」

駆《か》け出したいほど嬉しいのを我慢《がまん》して、シュリを従え双龍宮《そうりゅうきゅう》を出た。

明るい午後の光が宮城を覆《おお》う雪を照らし、周囲はいつも以上に明るく感じた。反り返った軒《のき》端《ば》にたまる雪が、なにかの拍子《ひょうし》にどさりと落ちる。

屋根つきの歩廊《ほろう》に入ると、シュリが隣《となり》に並ぶ。

「なにがあるの？　僕はなにかするの？」

不安げな彼をなだめるように、笑顔で答えた。

「皇帝《こうてい》陛下がシャー様をもてなすために、宴《うたげ》を計画されているの。その宴に饗《きょう》する料理を、饗《きょう》応《おう》長と一緒に作って欲しい。崑国料理と西沙国料理を融合《ゆうごう》させて、シャー様にお披露目《ひろめ》して、おいしいと言ってもらうの」

「融合⁉」

あからさまな嫌悪感《けんおかん》をにじませ、シュリはその場に立ち止まった。

「いやだ。おかしなものをシャー様には出さない。それが僕の料理だと思われたくない」

「おかしくなければいいでしょ？　おいしくて、珍《めずら》しい、見たこともない料理」

「そんなもの出して、どうなるの？　ちゃんとしたおいしい西沙国料理でいい」

「でもそれじゃあ、簡単に、すぐに、忘れられるわ。いつか作った人の名前だって忘れられる」

自らの不安を言い当てられたのだろう。シュリの顔が強《こわ》ばる。

「シャー様がなじんでいる、おいしいものを作って毎日提供するのは、すごく素晴《すば》らしい。でもそのおいしいものは、もしかしたらシュリじゃなくても作れるかもしれない」

「それは、誰《だれ》にだっておいしいものは作れる」

「そうよね。だったらシャー様のお側《そば》で料理するのは、シュリじゃなくても良くなってしまう。誰でも良ければ印象は薄《うす》くなる。シャー様の周囲にいる人が多くなれば、名前を間違われる。いずれ名前を忘れられるかもしれない」

厳しいことを言っていると自覚はあるが、事実だ。

「でも、シュリでなければならない、これはシュリのものだと思われるような、特別な何かがあれば印象に残る。もしシュリが何かの理由でシャー様のお側を離《はな》れることがあったとしても、料理がすごく印象深ければシャー様は、かつてシュリという料理人がいたと思い出してくれる。シャー様に名前を間違えて欲しくないなら、そうやってシャー様の好みに合うものばかり饗する以外の、ほかのこともする価値はない？」

朱西も理美も高晋も、崑国と西沙国の料理を融合させ、新しい目を引くものを求めている。それにはシュリの協力が不可欠だから、理美はここまできた。しかしこれはシュリ自身にも必要なことなのかもしれない。そう思ったから独断でシュリを借りたいと申し出たのだ。

きっと間違いない。確信がある。

「シャー様は一度会っただけのわたしの名を覚えてくださっていた。どうしてかと思ったら、香漬が珍しかったからと仰《おつしや》ったわ。珍しい食べ物だったから、それを持ってきたわたしの顔と名を一回で覚えてくださったのよ」

シュリはこちらを見つめ、沈黙《ちんもく》する。理美の言葉に迷っているようだった。その心のゆらぎを見て取った理美は、言葉を重ねる。

「おいしいものでも、代わり映《ば》えしなければ印象が薄くなって忘れられる。それなら新しくおいしいものを饗すれば、きっと鮮《あざ》やかな印象が残ってくれる。シャー様の中に」

長い沈黙が流れた。辛抱《しんぼう》強く待っていると、シュリは意を決したように顔をあげ、頷いた。

「わかった。やる」

三

四夫人《しふじん》たちは内侍省《ないじ》からの許しを得て、本来皇后の住まいである北嶺宮《ほくれいきゅう》に集まっていた。

主殿《しゅでん》の中にはきらびやかな絹や紗《しゃ》、本天の反物《たんもの》が所狭《ところせま》しと広げられ、仕立ての職人である尚服《しょうふく》配下の女官《にょかん》や宦官《かんがん》、下働きの女たちが右往左往していた。西沙国使節グルザリ・シャーをもてなす宴に侍《はべ》る四夫人たちの衣装を急ぎ仕立てるのだ。

宴をできるだけ早く執《と》り行いたいと祥飛が望んでいるために、あまり時間がない。そこで本来なら四夫人それぞれの宮殿《きゅうでん》でおこなわれる採寸や布選びを一緒くたにやることになったのだ。

華麗《かれい》な反物の中に埋《う》もれながら、余淑妃《しゅくひ》がうっとり呟《つぶや》く。

「絹や紗の海ね」

「余淑妃様。気を引き締《し》めてくださいな。陛下がわたしたちに、大変なお役目を授《さず》けてくださったのに。衣装はとても重要ですわよ」

女官たちの手で採寸されながら、厳しく宋貴妃《きひ》がたしなめると、余淑妃は「はぁい」と首をすくめた。温賢妃《けんひ》は余淑妃の隣に座り、一緒に反物を選びながら嬉《うれ》しそうに微笑《ほほえ》む。

「本当に。今回のことも陛下が、わたしたちを役に立つ臣下と認めてくださった証《あかし》のようですわね。明来告地で、陛下がなぜあのような英断をしてくださったのか、未《いま》だに不思議です。わたしたちの事情を、まるでわたしたちの口から聞いたかのように御存知《ごぞんじ》だったことも」

いちはやく採寸も反物選びも終えた鳳徳妃《とくひ》は、端《はし》に置かれた卓子《たくし》に着いていた。そこに準備された茶を手に、足を組み悠然《ゆうぜん》としていたが、温賢妃の言葉に頷く。

「それはわたしも、ずっとなぜだろうかと考えていた。一番疑問だったのは、陛下がわたしたちの事情を全部ご承知だったこと。それを知っていたからこそ、あの英断でしょうからね」

「あらぁ、それは陛下には神龍《しんりゅう》の加護があるからじゃないです？」

無邪気《むじゃき》な余淑妃に、鳳徳妃は苦笑《くしょう》する。

「まあ、神龍の加護と言えば加護かもしれないね。あれは誰かさんの画策によって、陛下がわたしたちの声を聞くことになったからだろうから。その誰かさんが陛下のお側に存在したことそのものが、神龍の加護かもしれないしね」

「わたしたちの声を聞いたですって？」

採寸を終えた宋貴妃は卓子に着きながら驚《おどろ》いた顔になる。茶を差しだしながら、鳳徳妃は頷き返す。

「北嶺宮の庭院《にわ》で宴があったあの夜、舞台《ぶたい》で剣舞《けんぶ》があったよね。あのとき伯礼と一緒に舞《ま》っていたのが、いま考えれば陛下ではないかと思う。食学《しきがく》博士のつま弾《び》く琴《こと》の音がかなり控《ひか》えめだった理由は、あの舞台の上の陛下の耳に、わたしたちの声が聞こえるようにする配慮《はいりょ》だった」

温賢妃が口元を押さえ「そう言われれば」と呟く。余淑妃と温賢妃も布の海から立ちあがり、卓子にやって来た。宋貴妃は考え深げな表情になる。

「陛下は最初、わたしの舌を切るなんて言ったお方……。そんなお方が自ら望んで、四夫人の声を聞こうとなさるはずないわね。冷淡《れいたん》な陛下に、わたしたちの声を聞き、それで決断するべきだと助言し、あの宴をお膳立《ぜんだ》てした誰かがいたのね」

「食学博士ですか？　陛下のご相談役ですもの」

余淑妃の問いに、温賢妃は首を振《ふ》る。

「四夫人の声を聞いて下さいと陛下に願ったその人は、わたしたちの感情がないがしろにされることに、憤《いきどお》りを感じたということですわね。博士は賢《かしこ》いお方ですが、わたしたちの身の上をおもんばかるほど、わたしたちと接触《せっしょく》はありませんでしたわ。しかもあの宴の趣向《しゅこう》は、とても繊細《せんさい》で女性的でした」

「じゃ、内侍の伯礼とか？」

その余淑妃の意見にも、鳳徳妃が首を振る。

「伯礼はあんな容姿だから勘違《かんちが》いされるが、四夫人の感情を斟酌《しんしゃく》するほど優《やさ》しくもないだろうし、女性的な趣味は持ち合わせていない。思考は男性的だから」

「雪宝林しかいないわ。そもそもあの場を支配していたのは、彼女でしょう」

静かに断言した宋貴妃に、鳳徳妃も温賢妃も頷《うなず》く。

「お姉様が？」

きょとんとする余淑妃に、宋貴妃は重々しく頷く。

「そう。雪宝林なのよ、きっと」

ざわりと、女官や宦官たちの間に動揺《どうよう》が走った。彼らの視線が一点に集まるそこに四夫人が目を向けると、崑国皇帝龍祥飛の姿があった。四夫人たちも驚き慌《あわ》て、その場に跪《ひざまず》く。

祥飛は「堅苦《かたくる》しい礼は必要ない」とぞんざいに告げると、卓子の方へ向かってくる。そこにいる四夫人に、「顔をあげよ。座って気楽にしろ。息災か？」と問うと、自らも椅子《いす》に座った。

四夫人が遠慮《えんりょ》がちに卓子に着くと、祥飛は卓子に身を乗り出す。

「宴の準備は進んでいるか」

「はい。ご覧の通りです。着々と。衣装のみならず、どのような趣向でおもてなしをするかも、四夫人で話し合っています」

物怖《ものお》じしない宋貴妃が背後の布の海を目顔で指すと、祥飛は満足げに頷く。

「急なことにもかかわらず、よく進んでいるらしい。感心だ。そなたたちも準備を進めると同時に、宴を取り仕切る朱西もあれこれ忙《いそが》しく働いている。そんな中で余だけが、準備を怠《おこた》るわけにもいくまい。だから来た」

祥飛がなにを言わんとしているのかわからず、四夫人たちは瞬《まばた》きし小首を傾《かし》げた。

一呼吸おき、祥飛は順繰《じゅんぐ》りに四人を見る。

「そなたたちに訊《き》きたい。そなたたちは妃《きさき》として、人をもてなす教育を受けて育っているだろう。その方法を教えてほしい。人をもてなすために、あるいは人と心を通わせその者との距離《きょり》を縮めるには、宴《うたげ》でどのように振る舞《ま》えばいい。それが余がするべき準備だろう」

四夫人たちは顔を見合わせ、信じられないような顔をした。

「……意外ぃ……」

と思わずのように呟いた余淑妃の足を、卓子の下で宋貴妃がすばやく蹴飛《けと》ばす。

皇帝《こうてい》は最も高貴な存在であるからこそ、何者にも膝《ひざ》を折らないし、遠慮や配慮をするような立場にいない。他者に対してどのように振る舞うかなされている教育といえば「どのように威《い》厳《げん》をもって振る舞うか」くらいなものだろう。

なのに祥飛は、人と心を通わせるためにどう振る舞えば良いのか訊きたいと言っているのだ。「心を開け」と命じるのではなく、本当の意味で人の心を開く方法を探している。

皇帝は命じるのみで良い。「心を開け」と命じれば、誰《だれ》もが心を開く。それが皇帝というものだという、昔からの常識。それは誰もがいびつだと感じながらも、口に出せない皇帝の振る舞いの常識。

そのいびつさが威厳であり、皇帝らしさであるのかもしれない。しかし皇帝らしさを捨て、素直《すなお》に人の心を開かせたいと告げた若き皇帝に、四夫人たちは微笑みを返した。

「まずは、相手の心に添《そ》うことです。陛下」

口を開いたのは鳳徳妃だった。さらに温賢妃が優しく告げる。

「けれど陛下はもう充分《じゅうぶん》、わかっていらっしゃるような気がしますわ。でも具体的にというなら、一つご提案が」

そうして語った温賢妃の提案に、他《ほか》の四夫人たちも文句なく賛同した。

◆

「西沙国で最もよく食べられるのは香辛料《こうしんりょう》をたくさん使う料理。他にも小麦を練って焼いたものや米も食べる。野菜のあえもの、肉を香《こう》ばしいたれで焼いたの。普段《ふだん》食べられている料理だけでも、たくさんある。西沙国料理はこの世で一番おいしい。崑国料理なんかと混ぜて、どうなるかなんて僕はわからない。けど、混ぜるんでしょう？　やるよ」

香辛料が並んだ箱を調理台に置くと、シュリは蓋《ふた》を開けながら淡々《たんたん》と言う。楊高晋は腕組《うでぐ》みし、不機嫌《ふきげん》なシュリを奇妙《きみよう》そうに眺《なが》めていたが、すぐに隣《となり》に立つ理美を睨《にら》む。

「おい、どうやってこの小僧《こぞう》を引っ張ってきた？　めちゃくちゃ機嫌が悪そうだが、一緒《いっしょ》にやる気があるって言ってるような気がするぞ」

西沙国料理と崑国料理の融合《ゆうごう》。シュリはそれに納得《なっとく》し協力すると言ってくれたので、理美は早速《さっそく》厨房《ちゅうぼう》にシュリを連れて来た。しかし迎《むか》え入れた高晋は不可解そうだし、シュリに至っては、やる気があるのかないのか、どことなく怒《おこ》っているような不機嫌さ。

険悪な二人に挟《はさ》まれ冷や汗《あせ》が出そうだ。

「やる気はあります！　そうよね、シュリ」

引きつった笑顔《えがお》で問いかける。シュリはしらっとした顔で答える。

「あるよ、半分」

「半分だぁ⁉」

「だって半分は崑国料理だから。残りのやる気の半分は、あなたが出して」

「この小僧……」

「あああ、あの！　まずはどんな食材を使って、どんなふうにしたら融合できますかね！　お互《たが》いの料理にない特徴《とくちょう》が際立《きわだ》つ料理同士を融合させるとかどうでしょう！」

お互いやる気があるはずなのに、一触即発《いっしょくそくはつ》の二人の会話を強引《ごういん》に引き取る。

高晋はシュリを睨んだが、顎《あご》でシュリが持参した香辛料の箱を指す。

「西沙国料理の特徴っていやぁ、あれだろう。おまえ、そいつを調合してカリーとかいう煮物《にもの》を作っただろうが。自分は豆、雪宝林は蟹《かに》を煮こんでいた。あんな香《かお》りかいだことねぇからな」

シュリは肩《かた》をすくめ、香辛料の壺《つぼ》を次々調理台へ出す。

「正しくは、カリーという料理なんかない。西沙国人以外にはわかりやすく、カリーといってるだけ。そもそもカリーなんて言葉を考えたのは南の小三国」

理美は小首を傾げる。

「どういうこと？　あの煮込《にこ》み料理がカリーじゃないの？」

「調合した香辛料を使って具材を煮込み、主食と一緒に食べたり、そのまま食べたり。混ぜたり、載《の》せたりつけたり。そういった料理が無数にある。でも西沙国人以外には、全部似たような料理に思えるみたい。だからそういった香辛料をたくさん使う煮込み料理を、西沙国人以外がカリーと呼ぶ。だから僕も、わかりやすくカリーと説明するだけ」

西沙国料理は基本は手で食べると聞く。和国とも崑国とも違《ちが》う礼儀《れいぎ》があり、食べ方の習慣があるのだ。料理一つとっても説明すら難しい。高晋が溜息《ためいき》をつく。

「しちめんどくせぇが、訊いていくしかない。おい、小僧。西沙国の主食はなにがある」

「米。小麦を練った生地《きじ》を焼いたもの、揚《あ》げたもの。米粉《こめこ》の細い麺《めん》……そのくらい」

そこでシュリは高晋の目を初めてまともに見た。

「俺たち崑国は米と、小麦の麺だ」

「知ってる。米は食べてた。僕は昔、崑国にいた」

「いたって、なんでだよ。西沙国人が」

「商人に買われた」

つっけんどんな短い言葉に、高晋は怯《ひる》んだように一瞬《いっしゅん》黙《だま》ったが、すぐに言いにくそうに訊く。

「そりゃ、おまえ。なにがあって……」

「売られて、買われた。それだけ」

話したくなさそうにシュリが高晋を睨む。理美は慌てて割って入る。

「あっ！　それと主食なら、小麦の皮でおかずを包むものが！　あれはおいしくて、いろんな種類があります。調理方法も揚げたり、蒸《む》したり、焼いたり、煮たり」

理美の言葉に、高晋が眉根《まゆね》を寄せた。

「それは主食じゃねぇよ。包子《パオズ》の一種だろ」

「え？　主食じゃないんですか？」

きょとんとすると、シュリも呆《あき》れた顔をする。

「似たようなのは西沙国にもある。薄《うす》い小麦の皮にいろんなものを入れて揚げるの。おやつだ」

「てっきり……。ふかふかで、ご飯みたいに真っ白だから」

勘違《かんちが》いに赤面したが、シュリが珍《めずら》しそうに眉《まゆ》をあげる。

「ふかふか？　小麦の皮が？　なんで」

「それは練って蒸し上げるから、自然にふかふかの雲のようになって。だから主食かもと。シュリは昔、崑国にいたのよね？　見たことなかった？」

「ない。僕の食べるものは決まったものしかなかった」

初めてシュリが強い興味を示す。

「あんたがさっき言った西沙国料理の包子も、崑国料理にはある。けど雪宝林の言うように、ちょいと違う包子もある。見たいか？　小僧」

小僧と呼ばれたのが気に入らないらしく、シュリはむっとした。しかししばし迷った末、

「……見たい」

とすこし悔《くや》しげだったが答えた。躊躇《ためら》いがちではあったが、その言葉に理美は笑みがこぼれた。

（シュリもやっぱり、料理人だわね）

かつて崑国で暮らしたシュリは、崑国料理を知っているという自負があったのかもしれない。けれど彼の知らないこともある。知っていると思い込んでいるものに未知のものがあるとするならば知りたくなる。探求心のある、本当に料理の好きな料理人ならば、きっとそうだ。

「見せてやる。けどおまえも、香辛料の種類と組み合わせの基本を教えろ」

高晋の要求にシュリは頷《うなず》く。

「小麦で作った皮に具を詰《つ》めたものを、崑国料理では包子と言う。具材は様々。小麦の皮も、小麦と塩と水だけで作るものと、そこに酵母《こうぼ》を加えて発酵《はっこう》させるものとがある。調理方法も、茹《ゆ》でる、焼く、揚げる、蒸すとある。聞いた限りじゃ、小麦の皮に具を包んで、揚げたり焼いたりするのは西沙国料理にもありそうだから、珍しいのは発酵させた皮を蒸す方法みてぇだな」

厨房の棚《たな》から高晋は、小麦を引っ張りだしそれを大きな鉢《はち》にいれた。さらに別の棚から小さな壺を取り出す。その中にはちょっと見なにかわからない、甘酸《あまず》っぱい香りのする果物の水煮《みずに》

のようなものが入っている。

「それが酵母ですね」

和国にいた頃《ころ》、理美も似たようなものを目にしたことがある。甘酸っぱい香りがするから、木の実から作った酵母だろう。

「そうだ。これを生地に混ぜてちょっとばかり温めて寝《ね》かせると、生地が膨《ふく》れる」

高晋は鉢の中にある小麦に、酵母と水、塩を加えた。それを練ると、瞬《また》く間にまとまり生地になる。次になにをするかと思えば、竈《かまど》にかかっていた鍋《なべ》を持って来た。その中に生地の入った鉢を入れ、鉢には別の鉢を被《かぶ》せて蓋にする。

「これで生地が膨れる。この生地に具を詰めて蒸せば包子。具を入れなけりゃ饅頭《マントウ》だ。生地が膨れたら見せてやるから、生地が膨れるまでの間におまえの香辛料《こうしんりょう》の調合を見せろ」

要求されると、シュリは香辛料の壺のところへ回り込み、迷いなく十二の壺を取り出す。

「最も基本的なのは、この十二の組み合わせ。これを減らしたり、別のものを加えたりして、それぞれの材料や調理方法にあわせていく」

言いながら、シュリは十二のうちの八つの壺に触《ふ》れる。

「この八つが香りを出すための香辛料。馬芹《うまぜり》、カルダモン、肉桂《にっき》、丁子《ちょうじ》、月桂樹《げっけいじゅ》、オールスパイス、コリアンダー、大蒜《にんにく》」

ほとんどは崑国内にも入ってきている香辛料で、崑語名もあるものだった。だが聞いたこともない、西沙国風の名の香辛料が三つほどある。またシュリの指が別の壺に触れる。

「これは色味を美しくする、鬱金《うこん》。残りの三つは辛《から》みのための香辛料。唐辛子《とうがらし》、生姜《しょうが》、胡椒《こしょう》」

最後の四つは崑国料理でもよく使われる香辛料だ。しかし胡椒だけは、崑国内で生産されることはなく、全量を小三国経由でもたらされる西沙国産のものに頼《たよ》っている。

「香辛料は細かく碾《ひ》いて、混ぜて、から煎《い》りして香りを出す。それから料理に使う。でもこれを入れれば、おいしくなるわけではない。調理するとき、こくを出すのも必要」

「そういえば、香味《こうみ》野菜をくたくたに炒《いた》めてたわよね」

西沙国料理を習ったときのことを思い出し呟《つぶや》く。

「そう。香りと辛みだけじゃ駄目《だめ》。甘みがあれば、味は深くなるから」

高晋が頷く。

「なんでもそうだな。湯《タン》の味をつけるときすこし甘醤《ガンジャン》をくわえねぇと、どんなに塩を入れても味がぼやけるようなもんだな」

彼らの話を聞くにつけ、理美はわくわくする。

(なんて、おもしろい)

思わず笑みがこぼれたのを見とがめて、高晋が嫌《いや》な顔をする。

「なんだ、にやにやしやがって」

「だって、どこの国の料理も特徴《とくちょう》は様々だけど、人が感じる味は一緒《いっしょ》なんだと思って。塩気を引き立てるのには甘みも必要なんて、基本中の基本ですけど。それはどこの国のどんな料理にも共通することだと思うと、おもしろくて」

シュリと高晋が、同時にはっとしたような顔になる。

「根本が同じなら崑国料理と西沙国料理は、きっと一皿の料理にできますよね」

「じゃあ……理美が作って」

唐突《とうとつ》にシュリが呟く。意味がわからず「え？」と首を傾《かし》げると、彼は続けた。

「その一皿、僕が作ったらきっと西沙国料理に近すぎて、饗応《きょうおう》長が作ったら崑国料理に近すぎる料理になる。二人とも自分の国の料理の方法が染《し》みついている」

高晋が目を見開く。

「なるほど。そうだな小僧《こぞう》。雪宝林は和国人だ。崑国料理にも西沙国料理にも不慣れだからこそ、どちらの特徴も公平に取り入れる方法がわかりそうじゃねぇか」

「でもわたしは、どちらの料理にも精通していない……」

予想外な提案に面食《めんく》らって慌《あわ》てるが、それを抑《おさ》えこむように高晋が言う。

「だからこそ良《い》いんだろうが」

「西沙国料理のやり方や特徴は、僕がそのつど教える。こんな方法がある、あんな方法があると教える」

「俺も崑国料理に関しては教えられる」

そんな無茶《むちゃ》な、と思う。二人はもしや突拍子《とっぴょうし》もない珍品《ちんぴん》を作るのが嫌で、その責任を押しつけようとしているのではないかとさえ思えた。だが二人はいたって真剣《しんけん》だ。

しかも彼らの意見も一理ある。

それぞれの料理に精通しているからこそ、それぞれの方法にこだわってしまったとき、崑国料理に近すぎるもの、あるいは西沙国料理に近すぎるものができあがりそうだ。一方に寄りすぎる料理は、おそらくシャーの印象に残らない。中途半端《ちゅうとはんぱ》なできばえになれば、目論見《もくろみ》そのものが達成できない。

(朱西様が取り仕切る宴《うたげ》。朱西様は陛下のためにつくしている。だったらわたしも……)

和国人である理美が、未知の二つの国の料理を融合《ゆうごう》するのであれば、和国料理に寄った料理になるのかもしれない。しかし崑国と西沙国の間を取り持つように和国料理の方法論が加えられれば、それぞれの特徴をうまく中和するかもしれない。

(しかも……すごく……おもしろそう)

どんな一皿になるか見当もつかないのだが、その試みに胸が高鳴る。

「わかりました。やります」

未知への期待感に背を押され、彼らに答えていた。

六章◆新世界を望む

一

（この場所こそ最適だろう）

朱西は確信し、眼下に見える宮城の威容《いよう》と、西側に青白く連なる山脈をぐるりと見回す。

そこは双龍宮《そうりゆうきゆう》にある望楼《ぼうろう》の二階。北側に目を向ければ太極殿《たいきよくでん》の大屋根の甍《いらか》が美しく雪を被《かぶ》り、西に目を向ければ、西沙国へと続く長い道が貫《つらぬ》く、西方連山が遠く望める。

陽《ひ》の光は地上よりもいくぶんきららかで、景色が抜《ぬ》けているぶんだけ心も開ける。

望楼の二階は朱塗《しゆぬ》りの四本柱に支えられ、欄干《らんかん》は龍と鳳凰《ほうおう》、麒麟《きりん》の浮《う》き彫《ぼ》りで、極彩色《ごくさいしき》に彩《いろど》られている。床《ゆか》は黒く磨《みが》かれた石。端正《たんせい》かつ華麗《かれい》。中央には八人がけの、黒檀《こくたん》に螺鈿《らでん》細工の円《えん》卓《たく》がある。階段前に小さな衝立《ついたて》が二つ。それでちょうど良い空間的な余裕《よゆう》がある程度の、さして広くない場所だ。

この狭《せま》さがかえってちょうど良い。距離《きより》が近いことが親しさを生む。

しかもここは双龍宮のなかにある望楼だ。滞在《たいざい》している宮殿《きゆうでん》から呼び出し、特別な場所で宴を催《もよお》せばグルザリ・シャーも身構える。しかし自分が滞在している宮殿内の望楼で、ちょっとした昼餉《ひるげ》を一緒にしようと誘《さそ》えば、そこまで警戒《けいかい》されない。

朱西の思惑《おもわく》は的中し、数日前、望楼で四夫人《しふじん》たちも交えて昼食をともにしようという祥飛からの誘いの手紙に、シャーは応じたのだ。

望楼は、大勢の官吏《かんり》を引き連れて上れる場所ではない。祥飛一人と四夫人が一緒ということは、非公式な宴だ。祥飛一人と妃《きさき》たちなら、面倒《めんどう》な話になるまいとシャーは思っているだろう。彼の祥飛への侮《あなど》りの証明かもしれないが、それはこちらに都合がいい。

「俺にできるのはここまでか」

頬《ほお》に風を受けつつ、朱西は一人呟く。

これからこの場所にグルザリ・シャーと祥飛と四夫人がやって来る。シャーに対して祥飛と四夫人がどのように振《ふ》る舞《ま》うか、それが勝負所。

四夫人たちがどのようなもてなしの趣向《しゅこう》をするのか、朱西は聞いている。その趣向が高尚《こうしょう》すぎるきらいがあり、崑国の文化を知らないシャーにどの程度受け入れられるかは疑問だった。だが宴の余興としては最も知的だろう。

(披露《ひろう》するならばできうる限り洗練されたものを。低俗《ていぞく》なものにするのは、相手を侮る姿勢になり、それは相手にも伝わるはずだ)

四夫人の選択《せんたく》は間違《まちが》っていないと信じたい。

（高晋とシュリが準備する宴の料理は、どう受け止められるか。シャー様がこの宴を退屈《たいくつ》なものと思わない程度の、目新しさと面白《おもしろ》さがあれば……）

料理に関しては、全面的に高晋とシュリ、理美に委《ゆだ》ねている。ただ彼らに、四夫人が宴で催す趣向も参考にするべきだと助言はした。

（趣向も料理もちぐはぐでは、面白みに欠ける。そこに統一感を出してこそ、一つの宴として場を完成させられる）

宴全体を統制することが朱西の役割だ。しかし彼の意図をくみ、それにどう応《こた》えるのかは料理人たち次第《しだい》だ。

準備の間、朱西は幾度《いくど》か厨房《ちゅうぼう》を覗《のぞ》いた。そこで高晋とシュリの間に入って、理美があれこれと調理に手を出していた。なにをしているのか問うと、理美が崑国料理と西沙国料理の融合を試みているのだと言っていた。高晋は崑国料理、シュリは西沙国料理について彼女に教え、それをつなぐ形での試行錯誤《さくご》。彼女は生き生きしていた。

宴の料理を準備するのは、饗応《きょうおう》長楊高晋と使節団料理人シュリ。シャーへの招待状の中では、この二人の料理を饗するとなっているが、実際彼らの間を取り持つ役割は理美が担《にな》っている。

彼女はただの後宮女官《にょかん》なので、名が出ないのは当然なのだが、それでよくあそこまで動けるものだと感心する。彼女は自らの名が出る、出ないなど考えてもいない。ただ面白いからやっているのだろう。

（理美はそうやって楽しげにしている方がいい。それで俺も安心できる）

宴の準備が始まってから、朱西も理美も以前と同じように、互《たが》いの顔を見ても平静を装えるようになった。それは自らに課された使命があったから、恋情《れんじょう》からおこる戸惑《とまど》いや苦痛に目を向けずにすんだからだ。

今二人がなすべきことは、祥飛のために宴を成功させること。同じ目的があり、同じようにそこに向かっている実感があったのも、平静でいられた要因だ。

双龍宮の門前で銅鑼《どら》の音が響《ひび》く。祥飛がやってきた合図だ。望楼から下を覗くと、黒い絹の大きな傘《かさ》の下を歩く祥飛の姿がある。それに続いて四つの絹の傘。どれも華麗な刺繡《ししゅう》が施《ほどこ》されたそれらは、四夫人のもの。

非公式な宴ではあるが、様式にはこだわった皇帝《こうてい》のおなりである。

傘が門前に近くなると、朱西は望楼を下りて客殿前に跪《ひざまず》く。

「準備は整っております」

傘の下から出て門の中へと入った祥飛に、朱西は跪拝《きはい》の礼で告げた。段取りはすんでおり、祥飛にも手順は説明してある。

「大儀《たいぎ》であった」

と述べると、祥飛は客殿内へと入る。四夫人も続く。彼女たちの装いに、朱西は目を瞠《みは》る。

宋貴妃《きひ》は薄桃《うすもも》、余淑妃《しゅくひ》が鮮《あざ》やかな緑、鳳徳妃《とくひ》は憂《うれ》いを帯《お》びた黄、温賢妃《けんひ》は青みがかった白と、それぞれの衣装の色は違《ちが》う。しかしその領巾《ひれ》や襦裙《じゅくん》に刺繍された草花、あるいは雪の結晶《けっしょう》模様は、春夏秋冬を表現していた。一見、それぞれに華《はな》やかで個性的な出《い》で立ちなのに、よく見れば統一された趣向があった。あからさまでないぶん粋《いき》だ。

(個を主張しながらも密《ひそ》かに統一された装いで、四夫人の関係性を推測できる)

彼女たちが互いに理解し合い、その意志が統一されていることの証《あかし》だ。

客殿で待ち受けていたグルザリ・シャーは、現れた祥飛と、その背後の華やかな四夫人に対して西沙国式の礼をとる。

「西沙国使節グルザリ・シャー殿《どの》を、昼餉にご招待したい。望楼へおいで頂けるか？」

祥飛の言葉は、このような場である程度決められた様式の中の台詞《せりふ》だ。シャーは微笑《ほほえ》み「お供いたします」といったような意味を西沙語で答えた。祥飛は頷《うなず》き、先に立って歩く。

(宴が始まる。料理の準備も、そろそろか。理美は双龍宮へ入っただろうか)

席に着けば、まずは軽い飲み物が饗され、徐々《じょじょ》に料理が運ばれてくる手はずだ。非公式の気軽な昼餉であるため、豪華《ごうか》な料理は大げさすぎて好まれない。ただその場を和《なご》ませるための緩衝材《かんしょうざい》として、料理は卓子《たくし》の上に必要だ。

どのような料理が出てくるのか、朱西は高晋から報告を受けていた。

一品目は崑国料理で高晋が作ったもの。二品目は西沙国料理でシュリが作ったもの。三品目は高晋とシュリの技術と知識を融合《ゆうごう》し、理美が考案した一皿。

要《かなめ》は三品目。ただそれが、どのような効果をもたらすかは未知数。

祥飛とシャー、四夫人を先導し望楼へ導きながら、朱西の緊張《きんちょう》は高まる。

◆

「陛下と四夫人、シャー様が望楼へあがられました！」

下働きの少年が厨房に駆《か》け込み知らせた声に、理美は顔をあげた。高晋も顔をあげ、背後にいたシュリに「二品目できたか」と問う。シュリが頷くと同時に理美も「わたしも三品目、できました」と告げた。

「よし、双龍宮へ運べ！」

高晋の号令で下働きの少年たちが、手に手に鉢《はち》や皿を持って出ていく。火鉢《ひばち》もいくつか運ばれるが、それは料理が冷めないように、双龍宮で皿を温め続けるための工夫《くふう》だ。温かいものは温かく、冷たいものは冷たくと、それは理美も高晋もシュリもこだわった。

料理は双龍宮の奥へと運ばれ、そこで饗されるのを待つことになる。

高晋とシュリとともに理美も双龍宮に入り、軒《のき》の端《はし》から望楼を見あげた。するとにこやかに席に着いている祥飛とシャー、四夫人が見えた。

「お酒がすぐに必要です」

慌《あわ》てて理美が告げると、高晋が望楼《ぼうろう》の方へと顎《あご》をしゃくる。

「あんた望楼の上で宴《うたげ》の進行具合を見て、必要な料理を運ぶ合図を出せ」

「わかりました」

あの場には祥飛とシャーがいる。高貴な方々の宴の席に給仕《きゅうじ》に立つのは、位をもった内侍《ないじ》か侍官《じかん》、女官でなければならないのが崑国の慣習。高晋もシュリも祥飛の前には出られないので、必然的に理美の役割になる。適切な時に適切な料理を饗するためには、その場の様子をつぶさに見て測る者が不可欠で、その役目は理美にしか務まらない。

望楼の下には、給仕のために控《ひか》える伯礼がいた。彼は祥飛の側付《そばつ》き内侍であり、四夫人も同席していることもあって、ここにも召《め》されているらしい。

「急いだほうがいいよ、理美。おそらく陛下は席に着かれたから。皿を饗する機となれば、わたしに目配せして。わたしがこちらに伝達して、皿をもって行くよ」

そつない伯礼の給仕があるのは心強い。

「お願いします、伯礼様」

理美はつづら折りの望楼の階段を駆けあがり、二階の出入り口のところで足を止めた。

薄暗《うすくら》がりで一人、息を整え目を閉じる。

(宴がはじまる。饗応《きょうおう》長とシュリとわたしで準備した料理をお出しする)

未知のものを、相手がどう受け取るか。すくなくとも印象に残ってくれれば良いと、邪念《じゃねん》が生まれる。しかしふと、懐《なつ》かしい姉斎宮《さいぐう》の声を思い出す。彼女はいつも言っていた。相手になにかを期待するのは、邪心《じゃしん》だと。だから邪心を捨てよ。そのためには気負いすぎてはならぬし、かといって失礼であってもならないと。

穏《おだ》やかな心で、向き合うべきだ。

──神の口からすら、おいしいと一言を引き出せるように向き合え。美味宮《うましのみや》よ。

耳の奥に聞こえた声に応《こた》えた。

(はい。斎宮様。承知しました)

背筋を伸《の》ばし、目を開く。全身にぴりっと軽く心地《ここち》よい緊張がみなぎり、心が決まる。

二階へ踏《ふ》み出すと、そこに朱西がいた。ふり返った彼に、

「朱西様。宴の始まりに、御酒《みき》をお持ちいたします」

と、そう告げる。

◆

(理美。来たのか)

頃合《ころあ》いを見計らっていたらしく、理美はちょうど良いときに姿を現した。しかし現れた彼女の瞳《ひとみ》はぶれることなく落ち着き、いつものきょとんとした彼女の表情ではなかった。

（これは……聖餐《せいさん》を饗する仙《せん》）

おそらくここにあがるまでの間に、彼女の中にあるものが目覚めたのだろう。気配の変化に仙の出現を感じると、不安が期待へと変わるような心強さが生まれる。

「お願いします。あなた方の整えた聖餐は、あなた方に委《ゆだ》ねます。あなたが必要と思う時、饗してください」

「承知しました」

凛《りん》とした声に、朱西は頷き返す。

二

理美がその場にいる祥飛、シャーと四夫人《しふじん》へ礼をとるのと同時に、侍官と伯礼が酒の盃《さかずき》をもってやってくる。彼らが手にする盆《ぼん》に載《の》るのは、高足の銀盃《ぎんぱい》。西沙国の品だ。シャーの頬《ほお》が懐かしそうにゆるむ。

盃が配られ終わると、理美は衝立《ついたて》の陰《かげ》から出て礼をとり告げた。

「香紅酒《ツイアンホンジュウ》でございます。崑国のお酒紅酒に、西沙国産の肉桂《にっき》をいれて香りを増したものです」

朱西がすかさず、西沙語に訳す。

祥飛が盃をとりあげ「両国の繁栄《はんえい》を」と告げると、シャーもにっこり微笑む。それを合図に、卓子に着いた全員が盃に口をつけた。

「今日はシャー殿と、ゆっくりとお食事したいと思ってお誘《さそ》いしたまで。気楽な宴だ。楽しんで欲しい。花も咲《さ》かない冬のこと、場が寂《さみ》しかろうと後宮から四夫人を招き同席させた。親しくしてやって欲しい。右から宋貴妃、余淑妃、鳳徳妃、温賢妃だ」

祥飛の言葉を朱西が訳し、シャーは嬉《うれ》しそうに何事か西沙語で答え、四夫人に向かって微笑む。

「心遣《こころづか》い痛みいると仰《おっしゃ》っています。このような美しい女性方にお目にかかれるのは、望外の喜びだとも」

朱西が訳すと、四夫人たちもそれに応えてシャーに微笑みかける。「宋麗季《れいき》でございます」「余円霖《えんりん》です」「鳳碧秀と申します」「温明芳《めいほう》です」と、四夫人はそれぞれ名乗る。

理美は背後の伯礼に囁《ささや》く。

「一品目を、すぐにお願いします」

頷《うなず》くと伯礼は階下へさがる。そしてすぐに小さな皿を盆に載せて給仕の侍官とともにやってくる。

「一品目は、香紅酒とともにお楽しみください。崑国料理前菜。四季菜《スージーツァイ》です」

白磁の細長い皿に、一口大の料理が四種並ぶ。

肉団子に薄紅《うすくれない》に色づけした米を纏《まと》わせた一品と、鮮《あざ》やかに茹《ゆ》でた葉物野菜にくるまれた川魚のすり身。黄色に色づけした粟《あわ》をまぶしてこんがりと揚《あ》げた、海老《えび》団子。真っ白くてつるりとした小麦の皮に包まれた、甘い芋餡《いもあん》。

これは崑国の四季に見立てたもので、壁際《かべぎわ》にさがりながらも、理美は四夫人の方へちらりと目を向けた。すると宋貴妃《きひ》と目が合った。彼女は余裕《よゆう》の笑《え》みを口元に浮《う》かべる。

(朱西様は、趣向《しゅこう》と料理がちぐはぐでは面白《おもしろ》みがないと仰った)

それを受け、高晋とシュリ、理美の三人は献立《こんだて》を作った。四夫人の趣向と添《そ》う一品が必要で、それがこの一品目。

(四夫人が考える趣向の主題は、四季。そして崑国と西沙国、双《そう》国の繁栄)

四夫人が身に纏う衣装は、四季を表す。雨季と乾季《かんき》しかない西沙国の人には、崑国の四季は珍《めずら》しく映るはずだ。四夫人はそれを狙《ねら》っている。

シャーが皿の料理と四夫人の衣装を見比べ、「皿の料理と四夫人の衣装は、崑国の四季でしょう?」と訊《たず》ねたらしい。朱西が訳すと、鳳徳妃《とくひ》が「お気に召しましたか?」と、艶然《えんぜん》と微笑《ほほえ》む。シャーは大きく頷き、器用に箸《はし》を使い料理に手を伸ばす。

(すぐに四季に気がつかれた。シャー様は繊細《せんさい》な趣味《しゅみ》人)

それを確信した。わざわざ雪の季節に崑国へ来るなど、粋《いき》な趣味人のすることだ。

(このお方であれば、四夫人の趣向を理解する)

確信を得たのは理美だけではないらしく、宋貴妃、鳳徳妃、温賢妃《けんひ》の表情に自信が満ちてく

る。余淑妃《しゅくひ》だけは相変わらず小鳥みたいにきょときょとしていたが、

「あら、雪」

と無邪気《むじゃき》に明るい表情で空を見る。晴れた空のどこかに薄《うす》い雪雲がかかったのか、明るい日《ひ》射《ざ》しが降り注いでいるのに、目の錯覚《さっかく》のような細かい雪がはらはらと舞《ま》ってきた。

余淑妃のその無邪気さは、四夫人の計算のうちだったのか。余淑妃の声に促《うなが》されるように、温賢妃が口を開く。

「わたしたちの衣装も四季。そして料理も四季の一皿が来ましたからには、さらに重ねて四季の詩でも詠《よ》みましょうか。偶数《ぐうすう》は陰、奇数《きすう》は陽。四季が二つ重なり陰となるなら、さらに一つ重ねて陽にいたしましょう」

それを朱西が訳すと、シャーは意地悪な感じに口元で笑う。

宋貴妃がシャーに微笑みかけ、

「シャー様。四季を表す四文字で、お好みの言葉はありますか？　西沙国のお言葉で結構です。それを崑語に訳して用います」

と問う。シャーは実は崑語に堪能《たんのう》なので、朱西の訳を待つまでもないのだろうが、いちおう朱西の訳を待ってから、面白そうに西沙語で一言告げた。

「それは……」

と一瞬《いっしゅん》朱西が困った顔をするので、鳳徳妃が促す。

「シャー様はなんと？　食学博士《しきがく》」

「それが、四夫人のお名前の一字『麗』『円』『碧』『明』であると。今この場で四夫人が四季の見立てであるならば、その四夫人にちなんでと」

理美は眉《まゆ》をひそめた。

(ひねくれてるわ)

普通《ふつう》四季の言葉といえば、花や雪、山川の景色を表現する言葉を選ぶもの。ここであえて四夫人の名を指定するのは、ありきたりでは面白くないということだろう。

意外な言葉選びをすれば、事前に準備できない。おそらく季節や景色に関する詩は準備していても、四夫人の名にちなんだ詩など準備していないはずと、シャーは踏《ふ》んでいるのだ。四夫人の技量を試《ため》そうとしている。

グルザリ・シャーはにやにやしている。趣味人であり、だからこそひねくれた遊び心があるのだろうか。

しかし。すぐににこりと余裕の微笑みを見せたのは宋貴妃だった。そしていきなり、

「麗《つら》なる雪山を高きより望み」

と、詠んだ。

（なんて挑発的《ちょうはつ》なお方かしら）

宋貴妃は微笑みながらも、シャーに鋭《するど》い視線を向ける。ひねくれた題を選ぶあたり、この西沙国使節は崑の詩を学んだことがあるのではないかと思った。すくなくとも耳にしたことがあり、古《いにしえ》の言葉の連なりを事前に準備し、適当に組み合わせているのだろうと、高をくっているのかもしれない。

だからすこし意地悪な題を選んだのだろう。

けれど崑の詩は実は古来即興《そっきょう》こそが醍醐味《だいごみ》だった。四夫人たる者がそれを知らないわけはない。現にシャーは、宋貴妃がいきなり起句を詠んだことに、驚《おどろ》いた顔をした。

（驚かれるのは早いわ）

宋貴妃は微笑み、隣《となり》にいる余淑妃に目配せした。詩の苦手な余淑妃は、抗議《こうぎ》したそうな焦《あせ》った表情をしていたが、きっと睨《にら》みつける。

（お詠みなさい！）

(こわっ！　宋貴妃様)

宋貴妃の威圧感《いあつかん》におののき、余淑妃は焦る。四季に関しての詩はあれこれ事前に用意していたが、四夫人《しふじん》の名をいれた詩となると想定外だ。

(わたし、苦手なのにぃ)

ちらっと周囲を見ると、理美と目が合った。がんばれと励《はげ》まされているような気がして、必死に承句を詠む。

「円《まど》かなり安寧の都」

あまり気のきいた句ではないが、そこそこだろう。「円」に囲むの意味と、完璧《かんぺき》の両方をかけた。韻《いん》もかろうじて踏んだ。そこだけは認めて欲しい。頼《たの》むというように鳳徳妃の顔を見ると、鳳徳妃はすらりと転句を詠む。

「碧玉《へきぎょく》のごときこの時」

こんなことは苦労でもなんでもなかった。鳳徳妃にとっては、宴《うたげ》の席での軽い冗談《じょうだん》と変わらない、じゃれ歌だ。これをひねくれた題と思っているなら、シャーは四夫人の技量を見誤っている。温賢妃を見ると、彼女も当たり前のように余裕の微笑み。

「明君の情楼《じょうろう》に満つ」

自分の結句の出来はどうだったろうかと、温賢妃はシャーの顔を見た。彼女たちが詩を詠むと同時に朱西が訳していたが、シャーは驚いたように目をぱちぱちさせていた。

『高い場所から連なり美しい雪山を眺《なが》めると、その山が囲む安寧は完璧な都。碧《あお》く澄《す》み渡《わた》って美しい宝石のようなこの時に、望楼《ぼうろう》には、賢《かしこ》く明るい君子の心が満ちている』

四夫人はこう詠んだ。

四季にちなんで冬景色を詠みつつ、同時にこの宴の席を言祝《ことほ》ぐ詩。

それぞれのお題の字に二重の意味を重ねて詠むそつのなさもある。『麗』に「美しい」と

「碧」の意。『明』には「賢い」と「明るい」の意。

「連なる」の意。『円』に「囲む」と「完璧」の意。『碧』には「色の碧」と「宝石としての碧」の意。『明』には「賢い」と「明るい」の意。

起句、承句、結句と必要な三句に「山《さん》」「安《あん》」「君《くん》」と韻を踏む。

グルザリ・シャーが目を瞠《みは》り、「素晴《すば》らしい」と西沙語で口にしたらしいのが、その表情と声でわかった。

(お見事です)

理美は内心で四夫人に頭《こうべ》を垂れる。

いきなりシャーが仕掛《しか》けた意地悪を、鮮《あざ》やかにかわした。

四夫人は控《ひか》えていた伯礼に楽器を持ってくるようにと命じた。伯礼と侍官《じかん》が二胡《にこ》と琴《こと》、琵琶《びわ》と笛を持ってくると、四夫人は席を欄干《らんかん》の近くへと移させて、ゆったりと楽を奏《かな》でだす。

いかにも気楽に、ちょっとした暇《ひま》つぶしにやってきたような態度だったシャーが、ふむと真剣《しんけん》な目になり祥飛をふり返る。そして「四夫人とは皇帝《こうてい》にとってどのような存在なのだ」と訊《き》いたのを朱西が訳す。祥飛は「余の妃であり、余を支える臣下だ」と、答えた。

(空気が変わった)

四夫人の趣向《しゅこう》で、シャーの中に祥飛と四夫人への興味がわいている。

ここで必要な一皿がある。理美は伯礼に囁《ささや》く。

「二品目と三品目を同時にお願いします」

すこし不審《ふしん》そうな顔をしたが、彼は何も訊かずに二種類の料理を給仕《きゅうじ》し始める。二品目の皿を目にしたシャーが嬉《うれ》しげに声を発し、朱西がそれを訳す。

「西沙国料理だと、シャー様は喜んでおられます。シュリが作ったのかとお訊きですよ」

「はい。一品目の崑国料理は宮廷《きゅうてい》料理人の長《おさ》、饗応《きょうおう》長の楊高晋が。二品目の西沙国料理は、シュリが作りました」

二品目の皿に載《の》るのは、鶏肉《とりにく》に香辛料《こうしんりょう》をまぶして香《こう》ばしく焼いたもの。香辛料で煮《に》こんだ豆を添《そ》えてある。その香《かお》りに、楽器を手にする四夫人たちまでもが、ちらりとこちらに羨《うらや》ましそうな目を向けたほどだ。

「これはなんという料理だ」

見たこともない、しかしえもいわれぬかぐわしい香りを発する鶏肉の焼き物に、祥飛が独り言のように呟《つぶや》いたその声に、

「タンドゥーリムルグ」

シャーが答えた。異国の宴の席で西沙国料理が饗されたことが嬉しかったのか、自らが崑語を理解しているのを暴露《ばくろ》したようなものだった。朱西はっと眉《まゆ》をひそめ、シャー自身もはっとし、祥飛を見やる。しかし祥飛は「なるほど」と頷《うなず》き、

「難しい名だな。崑国料理に取り入れるときには、もう少しわかりやすい名をつける方がいい」

と冗談めかした。

気づかれなかったのかと、シャーはすこし不思議そうな顔をした。しかし理美はわかっていた。祥飛は気がついた。しかしそれを指摘《してき》しなかったのだ、あえて。

祥飛は三品目の皿へと視線を移す。

「こちらは包子か。崑国料理だな。西沙国料理はこちらのみか」

三皿目には、真っ白でふかふかに蒸《む》し上げられた包子がある。しかし理美は横に首を振《ふ》る。

「陛下。それは崑国料理ではありません」

不思議そうに祥飛は理美を見やり、シャーも同じような顔をしていた。

「包子だろう」

「三品目の料理の名は二つあります。崑語で二国包子《アーグオパオズ》、西沙語でドノディショケ。お召《め》し上がりください」

三

(これは崑国料理だ)

訝《いぶか》しみながらシャーは皿の上にある、白くふかふかした包子を手にした。

南小三国には崑国人も多く出入りする。そのため崑国料理を作る者も多く、シャーが小三国へ視察におもむく度、たいがい崑国料理は口にする。まずいとは思わないし、うまいと感じることもあるが、それでも慣れ親しんだ西沙国の味に勝《まさ》るものはない。すぐに西沙国の香辛料のきいた食べ物を口にしたくなるので、外遊には必ず料理人を同行させるのだ。

二品目のタンドゥーリムルグは、シュリが作ったもの。いつもながら香ばしい良い香りだ。できるならそちらを食べたいと思うが、意味深な理美の説明が気になった。

これは崑国料理ではないと断言した。そして料理名が二つあると。西沙語でドノディショケは、「二つの国の」といったような意味だ。

（シュリがつけたのに違《ちが》いないが）

見るからに崑国料理なのに、なぜシュリはそんな名をつけたのか不思議だった。

そもそもシュリは、他《ほか》の少年たちに比べて物静かで、やんやとシャーに絡《から》んできたりしない。いつも生真面目《きまじめ》にシャーのためにつくしている印象しかない。よい子だと思う。しかし彼の本来の性格がどんなふうで、なにを考えているのかはよく知らない。彼が遊び心でこの料理に西沙語の名をつけたのか、それとも崑国人たちにあれこれせっつかれたあげく嫌《いや》になって、やけくそで嫌みでつけたのか、そんなことさえ推察できない。

（わたしは、長年仕えてくれているのに、シュリのことはあまり知らないのだな）

はじめてそれに気がついた。

（もっとシュリと話してみたいものだが。しかし今は、これを食べてみるしかないのだろう）

ふかふかの包子を一口で半分ほど、口に入れた。その瞬間《しゅんかん》、目を瞠る。

（これは西沙国料理！）

あきらかに崑国の料理である包子に、たっぷりと香辛料をきかせた、辛《から》みのあるかぐわしい具材が包み込まれていた。小さな角切りの鶏肉は、牛の乳を発酵《はっこう》させたもので漬《つ》けこまれ、柔《やわ》らかく、かつ臭《くさ》みなく下処理されている。それに香味《こうみ》野菜を深煎《ふかい》りした甘みと、西沙国では基本的な香辛料が香ばしく合わさり、辛み甘み、香り、申し分なく西沙国料理だ。

しかしそれを包むのが、ほんのりと甘みを感じる真っ白な包子。それを一緒《いっしょ》に食べると香辛料の刺激《しげき》がやわらぎ、えもいわれぬ風味になる。

「これは、なに料理だ」

思わずだった。シャーは料理の説明をする和国人の女官《にょかん》、理美に訊いてしまった。崑語で。

その瞬間、理美がほわりと笑った。その笑《え》みにはっとし、やられたと思ったが遅《おそ》かった。自ら崑語を口にしてしまった。もう誤魔化《ごまか》しはきかない。崑国皇帝は烈火《れっか》のごとく怒《おこ》りだす。

己《おのれ》の失敗にほぞをかみながら、シャーは祥飛をふり返った。

祥飛の表情は変わらず、柔らかでくつろいだ顔をしていた。今のが聞こえなかったのかと訝しんだシャーに、祥飛は、

『崑語でも西沙語でも、どちらでも好きな言葉を使うが良い。グルザリ・シャー殿《どの》』

と告げた。西沙語で。

シャーは唖然《あぜん》とした。

「なぜ……西沙語？　陛下」

と崑語でシャーは問い返したが、祥飛は西沙語で答える。

『付け焼き刃《ば》だ。複雑な言葉は、喋《しゃべ》れぬ』

「なぜ」

『意趣返《いしゅがえ》しだ。驚《おどろ》かれたか？』

そこで祥飛が、にやりとする。この宴が始まって以来、初めて祥飛が本心から見せた笑顔のようだった。呆然《ぼうぜん》としていたシャーだったが、突然《とつぜん》声をあげて笑い出す。

「やられました、陛下！　いつからお気づきに⁉」

「そなたは余の女官に、双龍宮《そうりゅうきゅう》で告白したのではないか？　女官がそのことを余に教えないと思われたか」

「そう思い込んでいましたよ。では意趣返しのためだけに西沙語を？」

「いや、四夫人《しふじん》が、もてなす相手の心に添えと教えてくれたからだ」

楽の音がゆるく流れる。奏でる四夫人の方へ目をやり、祥飛は答えた。

「余はシャー殿に崑国最上のもてなしをしたいと願った。だからもてなす方法に長《た》けている四夫人に訊き、そして西沙語を習った。宴の趣向は信頼《しんらい》できる臣下に任せた」

「取り仕切ったのはそちらにいる朱西ですね。そしてこの料理は誰《だれ》の手で？　わたしはまだ、この料理がなに料理か聞いていない。理美、これはなに料理？」

問われた理美は小さく膝《ひざ》を折り、「すこし、お待ちを」と告げて陛下へ走った。

（これはなに料理かと、シャー様が訊いた！）

シャーはあの料理に強い関心を示したのだ。それこそが目的。理美がこの料理を饗した意味だ。その仕上げが必要だ。しかしそれができるのは、理美ではない。

確かにこの料理を試行錯誤《さくご》したのは理美だった。しかし、崑国料理の技術と西沙国料理の技術であの形にできあがったのだから、これは理美の作ったものとは言えない。理美は考えただけ。作ったのはあ、あの二人だ。

「饗応長《きょうおう》！　シュリ！　望楼《ぼうろう》へあがって」

息を弾《はず》ませながら、陛下に控《ひか》える二人に声をかけた。「どういうこった」「なんで？」と、不可解そうな二人の手首を左右に握《にぎ》ると、理美は強引《ごういん》に二人を引っ張って階段を駆《か》けあがる。

「おい、なんだ！」

高晋が躓《つまず》きそうになりながらも怒鳴《どな》る。

「二人とも、三品目を作った料理人として宴の席へ出てください！　グルザリ・シャー様が、あの料理はなに料理かと訊《たず》ねられているので、二人で答えてください！」

「陛下の御前《ごぜん》に、位をもたない俺が出られるわけねぇだろう！」

「国賓《こくひん》の質問に答えるためだから、きっと大目に見てもらえます！」

シュリが困惑《こんわく》顔になる。

「なに料理って、なに料理になる？　あれ」

「それを二人で考えて欲しいの！」

「え……その場で？」

「そう」と答えるのと同時に、理美は望楼の二階へ出た。引き連れて来た二人を衝立《ついたて》の前に押し出すと、二人はその場に流れる楽の音と、シャーと祥飛の視線に恐《おそ》れおののいたように縮こまった。理美は彼らの傍《かたわ》らに立ち、礼をとり、告げた。

「三品目は二人が作りました。崑国宮廷《きゅうてい》料理人の長《おさ》楊高晋と、西沙国使節団料理人シュリです。その三品目がなに料理か、二人がお答えします」

高晋とシュリは顔を見合わせた。

「なに料理だ」

と高晋が青い顔で囁《ささや》くと、シュリが首を傾《かし》げる。

「なに料理になるの？」

「俺が訊《き》いてんだ」

「僕もわからない」

「崑国料理とは言えねぇだろう。西沙国料理か」

「西沙国料理でもない。だから……どうする？」

ぼそぼそと互《たが》いに囁きかわすが、その声はまる聞こえだった。

祥飛とシャーはやりとりを見つめていたが、その口元が徐々《じょじょ》にゆるむ。

「名前をまぜて崑西沙料理とかか？」

「なんで崑が先？　西沙崑料理でもいい」

「どっちも同じだろうが」

「ぜんぜん違う」

二人は焦《あせ》っているらしいが、まるで漫才《まんざい》だった。

「どこがだよ」

「風格」

「同じだ！」

突然、爆発《ばくはつ》するような笑い声が響《ひび》く。高晋とシュリがぎょっとし、朱西は苦笑《くしょう》している。

笑いを爆発させたのは、祥飛とシャーだった。二人ともげらげら笑っていた。しばし笑うと顔を見合わせ、それでまたさらにおかしみが増したように笑った。

高晋とシュリは呆然としていたが、理美は安堵《あんど》の笑みを浮《う》かべる。

（わたしは、これが欲しかった）

神に饗《きよう》する聖餐《せいさん》で神を喜ばせるのには、様々な方法がある。神に安らいでもらうこと、あるいは畏怖《いふ》を示すこと、あるいは神を笑わせること――。

同様に料理を食した人が得られるものは様々。安らぎ、真実、希望――おかしみ。

様々な感情を揺《ゆ》り動かせば、理美の饗するものに意味が生まれる。

「微笑《ほほえ》ましいものですね、陛下。国も食べ物も言葉も違《ちが》う者が、兄弟のように口喧嘩《げんか》するのは」

笑いの余韻《よいん》を引きずりながらも、シャーが口を開く。彼の視線の先にあるのは、ふかふかとやわらかく、なおかつ香辛料《こうしんりよう》のきいた刺激的な具材をくるんだ包子。崑西沙料理もしくは西沙崑料理。

「わたしは、西沙国料理がこれほどまた違った味わいで、楽しめると思っていなかった。口にしたことがない一品でしたが、おいしい。しかも肩肘張《かたひじは》らず、気楽に食べられるだろう。崑国料理と西沙国料理の、基本的なものをまぜあわせているだけなので庶民《しよみん》でも作って楽しめる」

ようやく祥飛も笑いを治めたが、表情は明るく打ち解けている。

「シャー殿がご満足されたようで、安心した。饗応長もシュリも大儀《たいぎ》。さがって良いぞ。崑西沙料理か西沙崑料理か、それは二人できめよ。決着がついたらシャー殿と余に知らせてくれ」

高晋とシュリはきょとんとしていたが、祥飛に微笑みかけられると、ほっとしたような顔をして下がった。階段を下りながら二人が、「崑西沙の響きの方が自然だ」「西沙語では西沙崑の方がしっくりとくる」と、まだぶつぶつと言い合っているのが響く。

四夫人はことの成り行きを時々目をあげて確認《かくにん》しながらも、楽器を弾《ひ》く手を止めない。さすがは躾《しつ》けられているだけあり、めったな楽士よりもよほど落ち着いている。

シャーが崑語が話せるとわかり、通詞は必要ない。そしてこれからは皇帝《こうてい》と西沙国使節の話し合いになる。その気配を察し、朱西は階段前の衝立の陰《かげ》に控える。理美も彼にならい、衝立の陰で彼の隣《となり》に立つ。

薄暗《うすくら》がりで隣に立ち、ふと朱西を見あげると目が合った。

「よくやりましたね、理美」

衝立の向こうへ洩《も》れない囁き声で言うと、朱西は優《やさ》しく微笑む。胸がどきんと痛くなるほどその瞳《ひとみ》が愛《いと》しくて、笑《え》みがこぼれる。

けして恋心《こいごころ》を語ってはならない相手だったが、褒めてもらえることがこんなに嬉しい。

「朱西様が宴を取り仕切ってくださったからです」

四夫人の趣向《しゅこう》と料理の趣向をあわせること。朱西は四夫人と理美の間に立ち、互いの準備するものをそれぞれに知らせ統制していった。四夫人の趣向と料理が調和したのは朱西の存在あってこそ。

しかも望楼を宴の場所と決めたのは朱西。開《ひら》けた場所で景色を望み、心を開くための環境《かんきょう》の刺激《しげき》を計算に入れた選定だ。

衝立の向こうから流れる静かな楽のしらべにのせ、シャーの声がした。

「今日わたしは、自分が幼稚《ようち》で愚《おろ》か者に思えました。失礼ながら、物見遊山《ゆさん》の気分でやって来て、崑国と交渉《こうしょう》するのは面倒《めんどう》だと思っていました。だからそつなく陛下には応対し、面倒な話をしなくてすむように崑語も話さなかった。しかしそれら全《すべ》てを陛下はお見通しで、そのうえでわたしの無礼に文句一つ仰《おっしゃ》らない」

「意趣返《いしゅがえ》しはさせてもらった」

祥飛はしばし沈黙《ちんもく》したのち、打ち明け話をするように口を開く。

「正直最初は、シャー殿《どの》に頭にきた。しかし余の相談役の朱西は、冷静になれと説き続けた。そしてある女官《にょかん》の言葉で、余はまず使節としてのシャー殿に交易のことばかりせっつくのではなく、シャー殿自身と打ち解けなければなにも始まらないと気づかされた。国と国との関係ではあっても、国は人が作るものだ。ならばまずは、人と打ち解けなければならない。だから余はシャー殿と打ち解けたいと願った。交渉や駆け引きは、その次にする。焦らずいこうと思う」

祥飛は真っ直《す》ぐ、シャーの目を見つめていた。

「しかし国が発展するためには、新しい冒険《ぼうけん》も必要ではないか？　崑国と西沙国の料理が混ざり合い、未知の一品を作り出したように。新しい世界を見たいと欲《ほっ》するなら、交わり、広がることも必要だと余は考える。それは何よりも、楽しいことだと思わぬか」

なるほどと納得《なっとく》するように一つ頷《うなず》き、シャーは静かに答えた。

「正直に申し上げます。陛下はまだ大変お若く、老獪《ろうかい》な我が兄皇帝に比べれば、失礼ながら未熟かと」

「わかっている」

むすっとして祥飛が答えたその瞬間《しゅんかん》、シャーがなんとも言えず優しい笑顔になった。

「しかしその若さこそ、わたしには好ましい。新しい世界を望むその若さは、国の若さ、そして国の発展に繋《つな》がる。わたしは年の割には冒険が好きな方でしてね。新しい世界は見てみたいと思います。きっと陛下が仰るように楽しい」

未来を想像しただろうシャーの目には、少年のような輝《かがや》きがある。

「そして陛下はその若さで、異国の使節に未熟と言われながらそれを受け入れる器《うつわ》がおありだ。その器は、我が兄皇帝よりもはるかに大きい。だからこそ陛下は良き臣下に恵《めぐ》まれているのでしょう。わたしは大きな器に、心からの敬意を抱《いだ》きます」

シャーの微笑みを驚《おどろ》いたように見ていた祥飛だったが、しばらくすると、すこしはにかみを含《ふく》んだ声で返す。

「嬉しい言葉だ」

「崑国と西沙国の国交樹立は、すぐには難しいと存じます。なにしろ西沙国は百年、南小三国以外の国と取引していません。しかも兄皇帝は保守的です。しかしわたしは、あなたの治める国と国交を結ぶことは、我が国のためになると感じます。崑国は人品卑《じんぴんいや》しからず、美食あり、良い国。そこから得るものも多いはず。帰国したら、兄皇帝にそう伝えましょう」

衝立《ついたて》の陰で朱西と理美は驚き目を合わせた。

(これはシャー様が、崑国との国交樹立について、皇帝に口添《くちぞ》えしてくれるということだ！)

祥飛は「礼を申し上げる」と威厳《いげん》をもって静かに答える。

あまりの嬉しさにか、朱西の瞳も輝く。

「理美。聞きましたか？」

「はい」

気を抜《ぬ》いたその時に、隣《とな》り合っていた朱西と理美の手が触《ふ》れた。どきりとして互いの顔を見るが、嬉しさに興奮していたせいで、自然と互いに手を握《にぎ》りあってしまった。

「……今だけです」

申し訳なさそうに目をそらしつつ朱西が囁く。理美は小さく頷き、一瞬《いっしゅん》の幸福感に酔《よ》った。

(今だけは)

この日から七日後。西沙国使節団は帰国の日を迎《むか》えた。

七章◆鈴が鳴り運命が目覚める

一

香辛料の箱を抱《かか》え、シュリは厨房《ちゅうぼう》に向かった。朝餉《あさげ》が終わったばかりの時間で、宮廷《きゅうてい》料理人たちと下働きの少年たちは、思い思いにくつろいでいた。そこへ見慣れない西沙国人のシュリがひょいと顔を出したので、彼らは目をまん丸にした。

シュリはそんな視線は慣れっこなので、意に介《かい》さず「高晋」と友だちの名を呼ぶと、西側にある出入り口から楊高晋が顔を出した。

「小僧《こぞう》か。今日帰国だってな。はやく使節団のところに帰らねぇと、置いて行かれるぞ」

いつものように素っ気ない言葉だったが、下がった眉尻《まゆじり》に親しみが見て取れた。

「大丈夫《だいじょうぶ》。シャー様が、僕のことを忘れて出発するはずないから」

自信をもって答えた。

崑国皇帝が双龍宮《そうりゅうきゅう》で催《もよお》した宴の日の夜、シャーはわざわざシュリだけを呼び、昼間の宴の料理のことを訊《き》きたがった。それが嬉しくて、高晋や理美のことや料理の工夫《くふう》などあれこれと喋《しゃべ》ったが、シャーはいちいち頷いて楽しそうに聞いてくれた。

それ以降シャーは、シュリの名を間違《まちが》えなくなった。以前よりもずっとシャーの視線が、シュリに対して親しげだ。日々の料理についても、毎日訊いてくれるようになった。自分が拾った少年の一人を料理番にしているという認識ではなく、料理人としてシュリを見てくれるようになったのだろう。

シュリは崑国には良い思い出がない。崑国人に対してもそうだ。崑国に来ることはいやだったし、崑国に入っても気分は晴れないままだった。

しかし、理美と出会い高晋と出会った。それで何かが変わった。

今回シャーとともに来てよかったと思う。シュリは思いがけず、欲しいものを手に入れられたのだから。崑国も崑国人も、昔自分が感じていたよりもずっとましな存在だと思えた。

高晋に箱を差しだす。

「高晋。これ、あげる」

「これは香辛料《こうしんりょう》だろう！　いいのか⁉」

遠慮《えんりょ》がちなことを言いながらも、食いつきそうな顔をする高晋に、シュリは「いいよ」と気軽に箱を手渡《てわた》す。

「貴重なものだろう。本当にいいのか」

「香辛料は国に帰ればたくさんある。これはお礼」

「礼？　なんの」

「一緒《いっしょ》に料理してくれた、お礼」

「それなら雪宝林に言いな……とはいえ、あいつは後宮か食学堂《しきがく》か。いくらなんでも礼部《れいぶ》までは、おまえもいけねぇな」

「会えない？」

「毎日、夕方にはここに来るんだ。陛下の夜食を整えるために」

「夕方までは待てない。じゃあ、会えないね」

残念だったが仕方ない。

「高晋から理美に、ありがとうと伝えて」

「おお、任せとけ」

「さよなら高晋。その香辛料で西沙崑料理を作って」

「崑西沙料理だ！」

二人の間で、名前の決着はまだついていない。

眉《まゆ》をつり上げる高晋に吹《ふ》き出し、シュリは手を振《ふ》った。

（また会えるかな）

優《やさ》しかった和国の姫《ひめ》に、一言礼を言いたかった。けれどいつか西沙国と崑国が国交を結べば、気軽に会えるようになるだろう。

使節団は既《すで》に旅支度《じたく》を調《ととの》え、見送りの儀式《ぎしき》が始まる太極殿の前庭に控《ひか》えていた。シュリが小走りにそこに合流すると、真っ先にシャーが『シュリ!』と呼んだ。なんだろうと思い側《そば》へ行くと、心配そうに眉尻を下げる。

『姿が見えないから、どこへ行ったのかと思った。出発の時も近いのに、無闇《むやみ》に使節団から離《はな》れるんじゃないよ』

シュリははにかみ、笑いながら『はい』と答えた。

この優しい主人の傍《かたわ》らが彼の居場所で、この崑国の旅は彼の居場所を安心なものに変えてくれた。

はらはらと細かな雪が舞《ま》ってシュリの頰《ほお》に触れたが、さして冷たく感じなかった。前ほど、雪が嫌《きら》いではなかった。

◆

(今日、西沙国の使節団が帰国ね。シュリ、最後に会いたかったな)

理美は一人、食学堂で黙々《もくもく》と書き物をしていた。

西沙国使節団を見送る式典には、皇帝祥飛はもちろん護衛の丈鉄、朱西と四夫人《しふじん》も出席した。祥飛と四夫人が列席するため、伯礼も付き添《そ》っている。理美のような後宮女官《にょかん》は出る幕がない。

見送りできないのは、すこし寂《さみ》しい。

しかしいつか崑国が西沙国と国交を樹立すれば、グルザリ・シャーもシュリも、気軽に崑国に遊びに来られることだろう。その日を待っていればいい。

「朱西様のご相談役も、もうすぐ終わる……」

再び食学博士とその助手として、ともに過ごせる日々が戻《もど》ってくることが嬉《うれ》しくてたまらない。しかし同時にとても恐《こわ》い。朱西と二人になってしまったら、理美は気持ちを抑《おさ》えられるだろうか。駄目《だめ》だとわかっていながら、恋心《こいごころ》はどんどん募《つの》っていきそうだ。

仕事の邪魔《じゃま》をしないように文机《ふづくえ》の上で筆を転がして遊んでいた珠ちゃんだったが、ふと動きを止め、青いくりくりした瞳《ひとみ》で心配そうに理美を見あげキュウと鳴く。

「どうしたの？　珠ちゃん」

小さな頭を指先でよしよしと撫《な》でていると、いきなり珠ちゃんがびくりとして、さっと走って理美の裳裾《もすそ》へ潜《もぐ》りこむ。

「え、なに？　どうしたの珠ちゃん」

驚《おどろ》いていると食学堂の扉《とびら》が開いた。そこには見慣れない老人がいた。豊かで長い髭《ひげ》をたくわえていたがそれは真っ白で、頭髪《とうはつ》も白い。しかし肌《はだ》つやはよく、老いの衰《おとろ》えを感じさせないしゃんと伸《の》びた背筋。

理美も驚いたが、相手もかなり驚いているらしい。

「なぜ女官が礼部にいるのだ」

「ここは食学博士が研究のために使っている、食学堂です。わたしは博士の助手を陛下より拝命いたしました。宝林の雪理美です」

相手の身分がわからないため、失礼があってはならないと椅子《いす》から立ち礼をとる。老人は鼻じろんだように、じろりと理美を睨《にら》む。

「女官が博士の助手とは。四夫人に臣下になれと仰《おお》せになったり、今上陛下《きんじょう》は酔狂《すいきょう》がすぎる」

あからさまな皇帝批判に驚き、すこしばかり腹が立ち、理美はかるく眉をひそめた。

「あの……失礼ですが、あなた様は」

「鳳寧孫だ。ちょうどよい雪宝林とやら。わたしを礼部の外まで送れ。昔とかなり様子が変わっている故《ゆえ》に、門の方向がわからぬ」

ものすごく威張《いば》っているが、要するに迷子の老人だ。昔宮廷に勤めた官吏《かんり》だったのだろうか。久しぶりに遊びに来たが、迷子になったのだろう。

すこし気の毒になり、理美は「承知しました」と頷《うなず》き、寧孫の先に立ち堂を出た。

「礼部にはなんの御用《ごよう》でいらしたのですか?」

「礼部尚書《しょうしょ》と面会の約束があったまでだ」

と答えると、寧孫は目を細める。

「西沙国との国交交渉《こうしょう》が進展しそうだな。そなた外朝に来ているなら、そんな噂《うわさ》を聞かぬか」

噂もなにも、結構な深入りをしている理美は、自信を持って頷く。

「皇帝陛下と西沙国皇帝の対面が実現する見通しのようです」

祥飛がシャーに言わしめた一言は、ここ百年進展がなかった崑国と西沙国の国交樹立への大きな一歩だった。シャーは断言こそしなかったが、彼の報告を受ければ、西沙国皇帝はそう間をおかず崑国皇帝と対面したがるだろうと、三日ほど前には言っていたらしい。

「ほぉ、やはり」

低く答えた老人の目に剣呑《けんのん》なものが光ったが、理美は見ていなかった。

礼部を出て歩廊《ほろう》を歩いていると、正面から華麗《かれい》な衣装の一団がやって来た。見ればそれは、伯礼に先導されて後宮に帰る途中《とちゅう》らしい四夫人だ。西沙国使節団の見送りがすんだのだろう。

「四夫人方がお通りです。すみません、道をあけなければ」

と寧孫をふり返るが、寧孫は傲然《ごうぜん》と顎《あご》をそらす。

「必要ない」

「けれど」

「わたしに官職はないが位は正一品。しかも……」

「お祖父《じい》様！」

遠くから寧孫の姿を見て声をあげたのは、鳳徳妃《とくひ》だった。

（え？）

鳳徳妃と寧孫を見比べ、あっと気がつく。

(鳳。鳳といえば鳳家しかない！　このお方は鳳家の長《おさ》で鳳徳妃様のお祖父様なんだ！)

一団から抜《ぬ》け、鳳徳妃が早足にやってきた。

「お祖父様。なぜこちらへ」

「所用あってのこと。そなたは変わりなしか、碧秀」

「はい」

伯礼と鳳徳妃以外の妃《きさき》も寧孫の近くにやってくると、礼をとる。

なぜか寧孫が鋭《するど》く伯礼を睨む。伯礼はいつもの魅惑《みわく》的で曖昧《あいまい》な微笑《びしょう》を返す。

「鳳公にはご機嫌《きげん》うるわしく」

「かもしれぬな。おまえに会わなければ」

その言葉に、鳳徳妃がきれいな眉を動かし、ちらりと伯礼を見る。伯礼は寧孫に向かって微笑んだまま、

「四夫人方は後宮へお帰りになる途中でございます。失礼いたします」

と、そつない挨拶《あいさつ》をして、鳳徳妃も含《ふく》めた四夫人を促《うなが》し去って行く。その背中を見送る寧孫の視線は、なにかを企《たくら》むようだ。

「なにかございましたか？　四夫人か……もしくは内侍《ないじ》に」

「ない。雪宝林とやら、ご苦労だった。もうここで良い」

寧孫は理美に背を見せ、門の方へと歩いて行く。

◆

歩きだしてすぐ鳳徳妃は足を速め、四夫人を先導する形で先を行く伯礼に並ぶ。すると伯礼が、いつもの微笑で答える。

「伯礼。あなたはお祖父様と会ったことがあるの？」

「いいえ、鳳徳妃様。初対面です」

かつて公子であった時代の伯礼が寧孫と会う機会があるとは思えないし、伯礼が宦官《かんがん》になり寧孫が引退してからはなおのこと。しかし先刻、確かに寧孫は伯礼を知っている様子だった。伯礼自身も、寧孫の顔を見ただけで「鳳公」と呼んだ。顔を知っている証拠《しょうこ》だ。

（嘘《うそ》つきめ）

内心罵倒《ばとう》する。面と向かって罵倒しても詰問《きつもん》しても、彼は柳《やなぎ》に風のように受け流すだけ。こちらが腹を立て損になる。できるのはこうやって内心で文句を言うくらいだ。

いやな予感がする。また伯礼の身によからぬ事が起こるのではないか。それが不安で鳳徳妃は目を伏《ふ》せた。

（伯礼にはもう、なにも起こって欲しくない）

(伯礼。あのような立場にありながら、野心がないとは思えぬが)

鳳寧孫は屋敷《やしき》へ帰るため門へ向かっていた。宮城にやってきたのは礼部尚書を退いてから十五年以上ぶりだ。息子《むすこ》の青修が出奔《しゅっぽん》してから、宮城で息子と同じ年頃《としごろ》の官吏を見ると苦々しかった。仕事がなければ、とても足を向ける気にならなかった。

しかし今そんなことは言っていられないのだ。鳳家はことごとく、権力ある場所から閉め出されようとしている。そうならないために、せめて西沙国との交易利権について鳳家が握《にぎ》ることができるようになるものはないか。それを探《さぐ》るために出向いてきた。

寧孫の血を分けた息子は、出奔した青修のみ。碧秀の父、蘇庸《そよう》は養子だ。そのことは広く知られているし、蘇庸は官吏として勤めた経験もない。つてもない。そのため朝廷《ちょうてい》内で情報を得るには、寧孫本人が出向くしかなかったのだ。

(鳳家は、うまく立ち回れるか)

先行きを思いながら歩廊を歩いていると、遠く新和殿《しんわでん》の回廊《かいろう》を歩む皇帝祥飛の姿があった。忌《い》ま忌ましい小僧《こぞ》っ子皇帝かと嫌《いや》な気分になったが、その周囲を歩む宰相と侍官、護衛、侍中に目を向けたとき、息が止まるかと思った。

「……青修！」

悲鳴のような声があがりそうになり、寧孫は袖《そで》で口を覆《おお》った。

（まさかそんな。馬鹿《ばか》な！）

そこに見たのは、二十数年前に出奔し行方《ゆくえ》知れずになったはずの息子の顔だったのだ。


「終わったな……やっと」

居室の長椅子《ながいす》に身を預けた祥飛に、丈鉄は一杯《いっぱい》の茶を手渡《てわた》す。

「よく務められました。グルザリ・シャーから西沙国皇帝によい報告があがれば、国交交渉は進みますね。大手柄《おおてがら》じゃないですか？　陛下」

「しかしこれは朱西と四夫人《しふじん》、理美のおかげだ」

丈鉄は窓辺へ寄ると、暫《しばら》く無表情でなにか考える素振《そぶ》りだった。彼がそのような顔をするのは珍《めずら》しかった。

「どうした丈鉄」

「陛下。陛下は理美を抱《だ》きたいですか」

唐突《とうとつ》かつあけすけな質問に、祥飛は茶を吹《ふ》き出しそうになる。

「なにを突然《とつぜん》言うのだ、おまえは！」

いつものようにからかっているのかと思ったが、ふり返った丈鉄の目は恐《おそ》ろしいほど真剣《しんけん》だった。その目に尋常《じんじょう》ならざるものを感じた。

「どうした丈鉄。なにかあるのか」

「陛下。もし陛下が理美を自分のものにしようと思っているなら、すぐにでも手を打つべきです。ぼやぼやしていたら、理美は誰《だれ》かのものになるかもしれない。危険なことに陛下は、彼女が外朝に出ることを許してしまった。そのおかげで陛下は毎朝彼女に会えるが、彼女も別の誰かに会えるということですよ」

「別の誰かとは、まさか朱西か？　二人にそんな素振りはないが」

「誰とは言いませんよ。けれど、欲しいものはさっさと手に入れておくべきです」

丈鉄は朱西のことを言っているのだろうかとも思うが、そうでないような気もする。朱西と理美が二人でいる様子を見ても、そんな素振りは感じられなかったからだ。

しかし今はなんともなくても、いつどうなるかわからない。

いくら朱西が恋《こい》知らずといっても、男である限り、人である限り、うっかり身近にいる女に邪《よこしま》な心を抱《いだ》かないとも限らない。

そしてまた理美も、賢《かしこ》く優《やさ》しい朱西といれば、我が儘《まま》で乱暴で子供っぽい祥飛よりも朱西に魅力《みりょく》を感じるかもしれない。もしそうなったら「余が皇帝だ」とだだをこねて彼女を手に入れても、本当の彼女の心は手に入らず、抜け殻《がら》だけを抱くことになるかもしれない。

（それは、耐《た》えられぬ）

好きになって欲しい。可愛《かわい》らしい瞳《ひとみ》でみつめ、心の底から愛《いと》しいというような声で、「陛下」と呼んでもらいたい。そのためには早く彼女の心を摑《つか》む必要がある。

祥飛が本気で理美を欲《ほっ》していることを、理解させる必要がある。

その方法は、祥飛には一つしか思いつかなかった。

二

西沙国使節団が帰国して十日目。グルザリ・シャーは無事に西沙国に到着《とうちゃく》し、西沙国皇帝に崑国でのことを報告したという手紙が、シャー本人から祥飛に届いた。

それによると西沙国皇帝は崑国皇帝との会談に前向きで、雪が溶《と》け春になったら、崑国と西沙国国境のどこかで非公式にでも会いたいということだった。シャーが崑国のもてなしやその文化の面白《おもしろ》さを、ことのほかうまく西沙国皇帝に伝えたのだろう。皇帝は珍しく、崑国皇帝との対面に乗り気らしい。

その手紙は祥飛のみならず、宰相の周考仁、礼部尚書《れいぶしょうしょ》、戸部《こぶ》尚書をもことのほか喜ばせた。おそらくこの噂《うわさ》は瞬《またた》く間に広がり、安寧の大商人の馬維順も小躍《こおど》りすることだろう。

ここまでくれば今回の西沙国使節団の一件は、大成功のうちに終幕したと見ていい。

(これで陛下のご相談役が終わった。また食学《しきがく》研究に戻《もど》れる)

相談役という朱西の役目も、一段落だ。

朱西は祥飛の許しを得て食学堂へと向かった。その足取りは軽い。

祥飛の相談役として働いた期間は力を尽《つ》くし、主《あるじ》の助けになれたことは嬉《うれ》しかった。しかしやはり朱西は政治のことに関《かか》わりたくない。茸《きのこ》や根っこや、魚の目玉をあつかっている方が気が楽だし、性分《しょうぶん》に合っている。

(それに……)

屋根に雪を載《の》せて重そうに見える食学堂。その扉《とびら》を開くと暖かい空気とともに、墨《すみ》と紙の香《かお》りが漂《ただよ》い出る。そして肩《かた》の上に五龍《ごりゅう》を乗せ、書架《しょか》の前で本を選ぶ理美の姿があった。扉が開いた気配にふり返ると、彼女はほわりと笑った。

「朱西様」

(食学博士の任に戻れば、傍《かたわ》らに理美がいる)

けして恋を語ってはならない相手だが、互《たが》いに口を噤《つぐ》み、触《ふ》れあわず、側《そば》にいるだけならば許されるはずだ。二人が近づく未来は望めなくとも、今はそれだけでもいい。

踏《ふ》みこむと嬉しげに近寄ってきた理美が可愛らしくて胸が高鳴り、それに困り果てた。どうしてもこの思いは消えそうにないが、どうにかしてそれを抑《おさ》えこむ方法を見つけなければならないらしい。

五龍がするりと理美の肩を下りると、梁《はり》の上へと移動する。しかしいつものように丸くならず、青い瞳でじっとこちらを見おろす。

(五龍はおそらく俺の邪な思いなど許さないだろう。そして理美も、食学博士に恋していい立場ではない)

理美とは、きちんと話をしておくべきだろう。

「今日から食学研究に戻れます。その前にすこし話しませんか？　俺たちのことを」

「……はい」

不安そうにしながらも理美は素直《すなお》に頷《うなず》く。朱西の話の内容を予測しているのだろう。

奥の長椅子に彼女を促《うなが》し、並んで腰《こし》かけた。一呼吸置き口を開く。

「西沙国使節団が到着した夜、俺はこの場所で、あなたが可愛いと言いました」

その時のことを思い出したのか、理美の頰《ほお》がみるみる染まる。そして消え入るような声で、

「はい」と答えた。

「あれは嘘《うそ》ではありません。今も……変わりません」

あれを嘘だというのは、彼女に対してあまりに失礼だった。そしてそんな嘘をつけば、きっと自分の気持ちも宥《なだ》めきれなくなる。だから認めざるをえない。

理美はますます赤くなり俯《うつむ》く。耳まで赤い。そのほんのり染まった耳朶《じだ》に、口づけしたいよ

うな衝動《しょうどう》が起こり目をそらす。

「……わたしも……」

理美が俯いたまま小さく言う。

「わたしも朱西様が」

その言葉で理性が溶けそうだったが、必死に己《おのれ》を律する。

「でもこれは俺たちには、許されない思いです。だからこの思いはお互いに、葬《ほうむ》り去りましょう。今までのように食学博士と助手として、節度をもって接しましょう」

「葬る……殺すんですね」

苦笑《くしょう》した。崑語の怪《あや》しい理美らしい言い回しだが、その残酷《ざんこく》な言葉がぴったりだった。

「ええ。生まれてすぐの恋心《こいごころ》が、思い出の一つもなく殺されるのは、我ながら憐《あわ》れですが」

「思い出が一つでもあれば……殺されても、慰《なぐさ》められるのに」

哀《かな》しげに呟《つぶや》く理美の声に心が揺《ゆ》らぐ。

(そうかもしれないし、逆かもしれない)

一つでも思い出があればそれに慰められ、この思いは素直に死んでくれるのか。

もしくはその一つの思い出に煽《あお》られ、死を拒否《きょひ》するのか。

自ら葬ると告げたものの、朱西はどちらにしても、この思いは一度では殺しきれない予感がする。殺しても殺しても蘇《よみがえ》り、自分を困らせるだろうと。とするならば思い出は、幾度《いくど》も殺すための力になるかもしれない。この思い出があるのだから、死んでくれと己の思いに言い聞かせて殺すのだ。恋心を殺すための思い出だ。

「殺される思いに、最後に。一つ思い出をくれますか？」

問うと理美は顔をあげ、微《かす》かに笑って頷く。

◆

朱西の「話」がなんであるかは予想がついていた。自分たちの思いは許されないこと、そしてそれを封《ふう》じようという確認《かくにん》だ。わかっていたし、必要なことだと知っているが苦しかった。

崑国後宮に入る時、はじめて朱西に会った。不慣れな場所で冷淡《れいたん》にあつかわれて不安だった理美に、朱西は唯一《ゆいいつ》そこで優しい言葉をくれた。きっとそのときから、理美は彼を好きになっていた。そしてこうやって一緒《いっしょ》にいられるようになってから、さらに好きになっていった。

賢く優しい彼が大好きだ。けれど許されないなら、一つだけでも思い出が欲しい。その思い出一つだけを胸にしまいこみ、じっと耐えていける気がした。

「殺される思いに、最後に。一つ思い出をくれますか？」

そう訊《き》いた朱西もまた、理美と同じ思いなのだろう。それが嬉しいような、どうしようもなく切ないような気持ちになり、涙《なみだ》があふれそうだった。それでもすこし笑って頷く。

朱西の手が理美の両肩《りょうかた》にかかり、軽く引き寄せられた。

そっと——彼の唇《くちびる》が額に触れる。

まるで二人だけ、水中のあぶくの中に閉じこめられたかのように周囲の音が消えた。この時が、果てしなく続けばどんなに幸福だろうかと、胸がじんとする。

すこしして、唇が離《はな》れる。

慎《つつ》ましやかな口づけが終わると、朱西は理美から顔を背《そむ》け手を離す。

たったそれだけだった。しかし額に残る微かな感触《かんしょく》とともに、理美の中に彼の深い思いがしみわたり、そこに見えない印がつけられた。しばしの沈黙《ちんもく》のあと、朱西は告げた。

「終わりです。これでお互いの思いは、死にました」

朱西は長椅子《ながいす》から立ちあがったが、理美は動けそうになかった。

喜びと哀しみが同時に体を駆《か》け巡《めぐ》り、膝《ひざ》が動かない。

(終わった……これで)

いま無理に立ちあがったら、床《ゆか》にへたりこみそうだ。

(終わってしまった)

互いに惹《ひ》かれあっているのになぜ終わらなければならないのか、その理不尽《りふじん》さに声をあげて泣きたい。しかしそれが自分たちの守らなければならない立場であり、捨てることなど出来ないのもよくわかっている。胸の奥が二つに斬《き》り裂《さ》かれるように痛む。無意識に両腕《りょううで》で胸を庇《かば》い、

悲鳴のような泣き声があがりそうなのを必死にこらえる。

(苦しい……斎宮様《さいぐう》……苦しい)

いつもいつも、大切なときには心の中で姉斎宮に助けを求めてしまう。そうすれば心の中にある姉斎宮が、いつでも慰め宥めてくれる。けれど今、理美の胸にも耳にも、姉斎宮の声も気配も感じられない。

この苦しみを和《やわ》らげることができるのは、ただ一人だ。

(朱西様……朱西様!)

目の前の朱西の背中に向かって、助けを求めたい。けれどできない。求めてはならない。際限なく苦しい。

梁の上から、珠ちゃんが青い瞳《ひとみ》で見つめている。息を詰《つ》めるようにして動かず、なにを考えているかわからない。しかしその微動《びどう》だにしない姿には、普段《ふだん》の愛玩《あいがん》動物めいた様子とはことなり神獣《しんじゅう》の威厳《いげん》が漂う。神獣はなにを思っているのか。

「すこし邪魔《じゃま》をするぞ」

扉の外で声がした。その声に理美は身を硬《かた》くした。

(陛下!?)

朱西の表情も強《こわ》ばるが、彼は「どうぞ」と極力冷静さを保った声で応《こた》えた。

冷たい空気とともに、丈鉄をつれて祥飛が堂内へ踏みこんで来た。急な来訪に驚《おどろ》きつつも、朱西はその場で礼をとり、理美はふらつく足で無理に立ちあがり礼をした。

朱西と理美の様子がすこしおかしいことに、祥飛は気がついていないようだ。怪しむ様子もなく、朱西に言う。

「朱西、すまないが理美に話がある。席を外してくれるか。丈鉄もだ」

命じられれば否《いな》やは言えるはずもなく、朱西は「かしこまりました」と、硬い声で応えると丈鉄とともに堂を出た。

扉《とびら》が閉まると、しんと食学堂《しきがくどう》内は静かになった。

「どうした。具合が悪いのか」

わずかに揺らぐ理美の体に気がついたらしく、祥飛は早足に近寄ってくると理美の体に手を添《そ》えて長椅子に座らせた。その意外にも優《やさ》しい気遣《きづか》いに驚きつつも、

「すこし目眩《めまい》がしただけです。ありがとうございます、陛下」

と礼を言った。すると祥飛は「うむ」と頷き押し黙《だま》る。

「あの、それでお話とは」

促したが、祥飛は天井《てんじょう》を見たり床を見たり書架《しょか》をぐるりと見たり、暫《しばら》く、なにやら言い出しかねるような素振《そぶ》りだった。

（なんだろう？）

理美に話があれば呼びつけるのが普通《ふつう》なのに、わざわざ自らやって来るのはどうした風の吹《ふ》

き回しだろうか。首を傾《かし》げて待っていると、ようやく祥飛は決心がついたように深く息を吐《つ》く。

「では、言おう」

己に宣言するように口にすると、いきなり長椅子の前に膝をつき理美を見あげる。

理美は仰天《ぎょうてん》した。

「陛下⁉」

崑国皇帝《こうてい》が膝をつく姿など見たことがなかった。それどころか、こんなことはあってはならないし、ありえない。

「どうされたんです、陛下⁉　具合がお悪いんですね⁉」

それしか考えられず、ふらつく体をおして手を伸《の》ばし立ちあがろうとしたが、前に伸ばしたその手を両手で握《にぎ》られた。祥飛は理美の手を両掌《てのひら》で包み、理美を見つめる。

「そなたは恋《こい》していない相手に触《ふ》れられるのは、嫌《いや》だと言ったな。ということは、今こうやって余に触れられているのは嫌なのだろうと思う。しかし余は、おまえに触れたい」

真摯《しんし》な瞳におののいた。祥飛がなにを言わんとしているのか、予測がつかない。

「だからおまえに請《こ》う。余に恋をし愛して欲しい」

「……え……？」

意味がわからず、理美はただ瞬《まばた》きした。

「余はおまえが好きだ。心から欲しい。だから、おまえを皇后にしたい。受けてくれるか。皇后になってくれ」

（皇后……）

その意味を悟《さと》り、血の気が引く。

（わたしが皇后に⁉）

あまりの驚きに声を失い、ただ怖《こわ》さばかりが先立ち微かに震《ふる》えた。そんな大それたことは考えたこともない。

理美の驚愕《きょうがく》と怯《おび》えを見て取ったのか、祥飛は理美の手を優しく離した。

「すまぬ。驚かせたか」

「……でも、わたしは和国人……」

かろうじてそれだけ答えると、祥飛は自信なさそうに目をそらす。

「後宮に入ったことで、おまえは崑国人になったのだから問題ない。すぐに決断せよとは言わぬ。ゆっくりと考えて良い。ゆっくりと考えて決めて欲しい。無理強《むりじ》いはせぬ。断ったとしても、今となんら変わりなく、おまえは過ごしていけると約束する。だから怖がることもない」

思いやりに満ちた配慮《はいりょ》の言葉だった。それは嬉《うれ》しかったが、なにしろあまりに重大なことなので、なんと答えれば良いのかさえわからない。

「それだけだ。帰る」

用事は終わったとばかり、照れ隠《かく》しのように素っ気なく言うと、祥飛は食学堂を出ていった。

理美は椅子《いす》から立つこともできず、また礼をとることもできずに、呆然《ぼうぜん》とその背中を見送った。

三

皇后に据《す》えようと思うほどに、祥飛が理美を求めていることが意外で、驚きしかない。

一度触れられたが、憂《う》さ晴《ば》らしの相手にされたと思い込んでいた。しかしそれは違《ちが》ったのだろう。あれほど理美に苛々《いらいら》して文句を言っていたようなのに、祥飛はそうやって理美に当たりちらしながらも気にかけ、好いていてくれたのだろう。

(でも……わたしは……)

先ほど柔《やわ》らかく朱西の唇と触れあった、自分の額に無意識に触れていた。

(……朱西様)

衝撃《しょうげき》のあまり周囲の音が遠く感じる。その中でギッと堂の戸が開く音を聞いた。のろのろと視線を向けると、出入り口に黒衣の男がいた。宰相の周考仁だった。なぜと思う前に、考仁はすいと堂の中に踏《ふ》みこんでくると長椅子の前に立ち、理美の動きを制するように手をあげる。

その指は細く長い。

「礼は不要。そのままで、雪宝林。立つのは難しいだろうからな」

なにかを知っているような、微《かす》かなあざけりの響《ひび》きがある。

「陛下から皇后になれと命じられたな？」

「……はい」

衝撃から立ち直ろうと必死に自分を落ち着けながら、理美は答えた。ここに考仁が現れたということは、なにかあるのだ。ぼんやりしていたら、なにかとんでもないことに巻きこまれる。そんな危機感が湧《わ》きあがる。

「受けるのだ」

考仁は断じた。

「どういう意味ですか？」

「皇后となれと言っているのだ。和国の姫《ひめ》。あなたにとっては、悪くない話だろう」

なぜそんなことを勧《すす》めるのか、その真意を測りかね理美の中で警戒《けいかい》の声が聞こえる。不用意なことを言うな。慎重《しんちょう》に。答えを早まるな。

「まだ、わかりません。陛下は急がないと仰《おっしゃ》ってくださいましたから」

「それほど朱西が好きか」

ずばりと切りこまれ、ぎょっとした。

「皇后位と秤《はかり》にかけるほど、朱西が良いか」

「朱西様とはなにも」

「隠す必要はない。知っている」

混乱した。朱西とのことは、丈鉄には知られている。しかし彼が吹聴《ふいちょう》して廻《まわ》るとは思えない。すると誰《だれ》かに見られていたのだろうか。見られていなくとも、勘《かん》の良い者なら察するかもしれない。衛士《えじ》や侍官《じかん》は、あちこちにいる。理美と朱西の睦《むつ》まじい様子を見て、察する者もあったかもしれない。

考仁は身をかがめ、平淡《へいたん》な声で囁《ささや》く。

「朱西が好きならなおのこと、皇后になるのだ。雪宝林」

「なぜ……ですか」

震える声で問うと、考仁の口元に薄《うす》い笑《え》みが浮《う》かぶ。

「あなたと朱西になにごとかあれば、朱西は生かしておけない存在になる」

「それは陛下が望んだ後宮女官《にょかん》に手を出したという罪で……？」

かつて後宮の妃嬪《ひひん》と通じて官吏《かんり》が罰《ばっ》せられたという例は、いくつもあるらしい。良ければ妃嬪とともに国外追放。悪ければ妃嬪とともに縛《しば》り首だ。

くすっと考仁が笑った。理美ははじめて彼の笑う声を聞いた。

「いいや。天下の大罪人として、首をさらされる」

（首をさらされる？）

首をさらされるのは、その者の尊厳を根こそぎ否定する処刑《しょけい》である。さらされた首は庶民《しょみん》に嬲《なぶ》られ、体は獣《けもの》に食わされる。町や村を襲《おそ》い大勢を殺した盗賊《とうぞく》団や、皇帝への反逆を試みた者が処される刑なのだ。妃嬪と通じた程度の罪で処されるものではない。

「どうして、そんなことに？」

背筋を伸ばし、考仁は無表情に告げた。

「皇后となれ。雪宝林」

梁《はり》の上で青い瞳《ひとみ》の神獣《しんじゅう》が、じっと人間たちの駆《か》け引きを見つめていた。

◆

「陛下は理美になんの話があると？」

回廊《かいろう》を歩きながら、朱西は前を行く丈鉄の背に問うた。

「さあな」

と丈鉄はそっけない返事をするが、彼が知らないわけはないと思えた。突然食学堂《とつぜんしきがくどう》へ行くと祥飛が言い出せば、丈鉄は目的を確認《かくにん》する。それが勅任《ちょくにん》武官の仕事だ。

「俺に言えないことか」

まさか昼間、食学堂で、祥飛が理美に無体な真似《まね》をするとは思えない。しかしそれが心配になる自分を、我ながらどうしようもないと思う。

（ついさっき、思いを殺そうと理美とともに決意したのに）

急に丈鉄が歩みを止め、ふり向く。

「朱西」

真剣《しんけん》な目でこちらを見る。朱西も立ち止まり視線を受け止める。

「いいか朱西。前にも言ったが、もう一度言う。恋《こい》の相手は選べ。理美のことはもう、きれいに忘れろ。そうでなければおまえは命を落としかねない。長いつきあいだから、言ってやるんだ。もう忘れろ」

苦笑《くしょう》した。

「陛下の気に入りの妃嬪に手を出したら、確かに罪に問われるな」

「そんな簡単なものじゃないさ」

「どういうことだ」

「最後の悪あがきの鈴《すず》が鳴った」

「なに？」

「おまえの本当の運命が動く。そんなときに、最も危険な花を摘《つ》むな」

「どういう意味だ」

深く溜息《ためいき》をつき、丈鉄は軽く首を振《ふ》る。

「これは俺がやってはならない忠告だろうぜ。ただ、あんまりだからな。言うんだ。でも俺ができるのはここまでだ。俺は手を出すことは禁じられている」

きびすを返し、丈鉄は回廊の向こうへ消えた。

朱西はしばしその場に立ち、丈鉄の言葉の意味を考えていた。

丈鉄は以前にも恋の相手は選べと言った。それは理美に何かがあるのかと思っていたが、違うのだろうか。丈鉄の今の言い方では、何かがあるのは理美ではなく朱西の方だ。

(なにが、いったい)

そのとき背後からゆったりとした足音がした。

「食学博士。周朱西殿《どの》だな？」

ふり返ると、見覚えのない老人がいた。白く長い豊かな髭《ひげ》と白い頭髪《とうはつ》。しかし肌《はだ》つやは良く、背筋も伸《の》びている。

「以前、お目にかかったことがありますか？」

老人は微笑《ほほえ》む。

「いや。初対面だ。わたしは鳳寧孫」

鳳寧孫といえば、先の礼部尚書《れいぶしょうしょ》。尚書を引退したあとも官吏の間には彼を慕《した》う者も多く、王族鳳家の家長として未《いま》だ君臨していると聞く大物だ。朱西が祥飛の側仕《そばづか》えになった時はもう引退していたので、会ったことはなかった。しかし度々《たびたび》話には聞いていた。

「失礼いたしました。お顔を存じ上げず。お名前はよく耳にしております、鳳公」

礼をとろうとすると、近寄ってきた寧孫が朱西の手に触《ふ》れ礼を止めた。

「礼は不要。朱西」

寧孫は朱西を見つめる。その瞳がなぜか、懐《なつ》かしさとも嬉《うれ》しさとも取れる、奇妙《きみよう》な輝《かがや》きで揺《ゆ》れていた。まるで旧知に出会ったかのような、親しげな眼差《まなざ》しと微笑みに戸惑《とまど》う。

「鳳公?」

「ときに朱西。小耳に挟《はさ》んだのだが……そなたは、ある女官を欲しがっているとか?」

「ある女官?」

「雪宝林」

ぎょっとしたのが顔に出てしまったが、寧孫はそれを慈父《じふ》のような表情で受け止める。

「よい、よい。欲しいのであろう」

何度も頷《うなず》くと囁いた。

「教えよう朱西。そなたは欲《ほっ》せば、雪宝林を手に入れられるのだ。しかもそれは正当なる権利なのだ」

驚《おどろ》き、老人の瞳を見返す。寧孫は信じろと訴《うった》えるように頷く。

(理美を手に入れられると? どうやって? しかもそれが正当な権利?)

陽《ひ》の光が翳《かげ》り雪が降り出していた。雪はみるみるはげしくなり、回廊に佇《たたず》む朱西と寧孫の姿は、白い紗幕《しゃまく》に遮《さえぎ》られ見えなくなる。今夜は吹雪《ふぶき》になるだろう、きっと。

あとがき

皆《みな》さま、こんにちは。三川《みかわ》みりです。

物語も進み、今回は最初から名前だけは出ていたのに、ぜんぜん姿を見せなかった朱西《しゅせい》パパ周考仁《しゅうこうじん》が登場とあいなりました。あまり可愛げのない人ですが、とりあえず作者としては「登場できて良かったねぇ……パパ」という気持ちになりました。考仁が登場するかしないかで、書ける物語が違《ちが》ってくる予定だったので、本当に彼の登場は喜ばしいことです。

読者の皆さまのおかげと、しみじみありがたいです。

そして前回から動き始めた感のある三角関係ですが、今回にいたっては自分でもびっくりするくらいの発展ぶりになりました。

考えてみれば、こんなきっぱりした三角関係を書くのが初めてで書いている自分もハラハラするやら、おもしろいやらです。特に朱西の気の毒ぶりにわくわくするのは、凪《なぎ》さんの描《えが》かれる朱西が、かなりわたし好みだからかと。

四夫人もまた登場します。彼女たちが出てくれると場面が華《はな》やかになるので、とてもありがたい。しかも、四人それぞれを結構気に入っているので、彼女たちを書くのは楽しいです。これから彼女たちももっと活躍《かつやく》できればいいなと、ぼんやり考えていますが、実際はいつも、書いてみないとわからないというのが正直なところです。一巻目のプロットでは丈鉄《じょうてつ》の存在すらなかったのに、書いているうちに突然《とつぜん》彼が出てきた！　なんてこともありました。

こんな感じで、常に迷いながら書いているわたしに、いつも朗《ほが》らかに接して下さる担当様。ありがとうございます。的確な軌道《きどう》修正をいただき感謝するばかりです。頼《たよ》りにしてます！　引き続きたくさんご面倒《めんどう》をおかけするとは思うのですが、よろしくお願いいたします。

イラストを描いてくださる凪かすみ様。今回もありがとうございます。前回は四夫人のきらびやかで美しく、個性豊かな姿に感動しました！　髪型《かみがた》衣装、表情、すべて、惚《ほ》れ惚れしました。描いていただける幸運に、イラストを拝見する度に感謝です。これからもよろしくお願いいたします。

最後になりましたが読者の皆さま。この本を手にとっていただき、ありがとうございます。ひとときでも、皆さまに楽しんでもらえたなら嬉《うれ》しいです。そしてもし皆さまの気が向いたら、また次の巻でもお目にかかれればいいな、と思います。

三川　みり

BEANS BUNKO

「一華後宮料理帖 第三品」の感想をお寄せください。
おたよりのあて先
〒102-8078 東京都千代田区富士見1-8-19
株式会社KADOKAWA 角川ビーンズ文庫編集部気付
「三川みり」先生・「凪かすみ」先生
また、編集部へのご意見ご希望は、同じ住所で「ビーンズ文庫編集部」
までお寄せください。

一華後宮料理帖《いつかこうきゅうりょうりちょう》 第三品《だいさんぴん》

三川《みかわ》みり

角川ビーンズ文庫 BB73-28 20237

平成29年3月1日 初版発行
平成29年3月25日 再版発行

発行者――――三坂泰二
発 行――――株式会社KADOKAWA
〒102-8177 東京都千代田区富士見2-13-3
電話 0570-002-301(カスタマーサポート・ナビダイヤル)
受付時間 9:00～17:00(土日 祝日 年末年始を除く)
http://www.kadokawa.co.jp/
印刷所――――暁印刷 製本所―――BBC
装幀者――――micro fish

ISBN978-4-04-105169-6C0193 定価はカバーに明記してあります。

封鬼花伝《ふうきかでん》
三川《みかわ》みり
イラスト／由羅《ゆら》カイリ
三川みり×由羅カイリが放つ、
王道和風ファンタジー
大好評既刊
❶暁に咲く燐の絵師　❷雪花に輝く仮初めの姫　❸春を恋う咲きそめの乙女
❹飛花薫るうたかたの口づけ　❺光綾なす千花の夢
角川ビーンズ文庫

箱入り王女の災難
Misadventures of
The Innocent Princess
三川みり
イラスト／あき
この王女、重大な秘密あり!?
三川みり×あきで贈る、
王女の逆転ライフ!!
〈大好評既刊〉
①魔術と騎士と黒猫の序曲 ②時間と秘密と天使のワルツ
③恋と絆と女王のエチュード

巫女華伝
恋の舞とまほろばの君
岐《き》川《がわ》新《あらた》
イラスト★雲《くも》屋《や》ゆきお
皇子《みこ》から巫女《みこ》へ 突然の求婚――!?
豪華和風ファンタジー!
「オレのこと、お婿さんにしてくれる?」巫女として国を守る瑠璃は、幼い時に母親を亡くし神様を信じられずにいた。ある日、大倭王朝の皇子である紫苑が訪れ、突然求婚してきて……!?

●角川ビーンズ文庫●

ここは神楽坂西洋館

三川みり

「あなたもここで暮らしてみませんか?」

都会の喧騒を忘れられる町、神楽坂《かぐらざか》。婚約者に裏切られた泉《いずみ》は路地裏にひっそりと佇む「神楽坂西洋館」を訪れる。西洋館を管理するのは無愛想な青年・藤江陽介《ふじえようすけ》。彼にはちょっと不思議な特技があった——。人が抱える悩みを、身近にある草花を見ただけで察知し解決してしまう陽介のもとには、下宿人たちから次々と問題が持ち込まれて……?　植物を愛する大家さんが“あなたの居場所”を守ってくれる、心がほっと温まる物語。

角川文庫のキャラクター文芸

ISBN 978-4-04-103491-0

ISBN 978-4-04-103492-7

第17回
角川ビーンズ小説大賞
原稿募集中!
Web投稿
受付
はじめました!
ここが「作家」の第一歩!
賞金 大賞100万円
優秀賞30万
奨励賞20万　読者賞10万
締切 郵送▶2018年3月31日(当日消印有効)
WEB▶2018年3月31日(23:59まで)
発表 2018年9月発表(予定)
審査員 ビーンズ文庫編集部
応募の詳細はビーンズ文庫公式HPで随時お知らせします。
http://shoten.kadokawa.co.jp/beans/
イラスト/宮城とおこ